Ángel escarlata

SERIE
MINDF*CK
LIBRO 3

ÁNGEL ESCARLATA

S.T. ABBY

Traducido del inglés por Gema Pereira Silvestre

CONTRALUZ

Título original: *Scarlet Angel (Mindf*ck 3)*

Primera edición: mayo de 2026

PAPEL DE FIBRA
CERTIFICADA

Copyright © 2016. SCARLET ANGEL by S.T. Abby
© de la traducción: Gema Pereira Silvestre, 2026
© Contraluz (GRUPO ANAYA, S. A.), 2026
Calle Valentín Beato, 21
28037 Madrid
www.contraluzeditorial.es

ISBN: 979-13-87810-54-2
Depósito legal: M. 4.572-2026
Printed in Spain

Esto es para las que han perdido la voz.
Esto es para las que desearían ser Lana Myers.
Esto es para aquellas de las que la gente
todavía habla entre susurros.
Esto es para las que luchan cada día por olvidar.
No estáis solas.

Tim Hoover
Chuck Cosby
Nathan Malone
Jeremy Hoyt
Ben Harris
Tyler Shane
Lawrence Martin
El tío del callejón
Kenneth Ferguson

«Para derrotar a un monstruo, hace falta ser despiadado. Para amar a un monstruo, debes compartir tu alma».

—LANA MYERS

Capítulo 1
Logan

> Más vale tres horas demasiado pronto
> que un minuto demasiado tarde.
> —William Shakespeare

—No entiendo por qué la soltó. No concuerda en absoluto con su perfil —le digo a Craig mientras nos detenemos en la comisaría—. Un sádico sexual, responsable de una ola de asesinatos, no libera a una víctima así, sin más.

—Yo tampoco. La chica está tan traumatizada que no ha dejado que la trasladen. Ha dicho que teníamos que venir nosotros y que solo hablaría contigo. Ni siquiera le han permitido a su padre venir todavía. Aseguró que no hablaría con él hasta hacerlo antes contigo.

Confundido, entro a toda prisa en la comisaría y dejo que Craig se encargue de las presentaciones. ¿Por qué la ha dejado en esta ciudad? Y, más en concreto, ¿por qué la ha soltado?

En mi cabeza se agolpan mil preguntas al entrar en la habitación donde la tienen retenida. Está temblando, con los ojos muy abiertos y aterrados, y envuelta en una manta.

Dentro hay tres hombres y una mujer, y todos se mantienen a cierta distancia de ella. Está aterrorizada, lo cual es comprensible, y es muy probable que ya haya sufrido varios ataques de pánico si alguien se le ha acercado demasiado.

—Soy el agente especial Bennett —digo con suavidad, tratando de mantener un tono afable y nada intimidatorio.

Clava sus ojos en los míos e inmediatamente comienza a llorar. Todos parecen tan confundidos como yo.

—Me… dijo… que… contactara contigo… Solo contigo —dice entre sollozos—. Me dijo que no podía enseñárselo a nadie… Solo a ti… A nadie más que a ti.

Desconcertado, doy un paso al frente con cautela.

—¿Enseñarme qué, Erica? —le pregunto, mientras me agacho con cautela frente a ella para parecer más pequeño y menos amenazante.

—Esto —responde antes de quitarse la manta y levantarse la falda para mostrar la parte interior del muslo que tiene vendada. La sangre ha empapado el vendaje y miro a la agente más cercana a mí.

—No nos ha dejado examinarla. Se ha negado hasta que vinieras —dice, lo que responde a mi pregunta silenciosa.

Erica se arranca el vendaje tirando de él y veo las palabras que lleva grabadas en la piel.

«A SALVO.»

Incluso ha puesto un punto.

No tiene ningún sentido.

—¿Te dijo adónde iría? —le pregunto.

Ella no para de sollozar mientras sacude la cabeza.

—Me dijo que me mataría si no seguía sus órdenes. Me amenazó con que volvería a por mí. Ya me ha secuestrado una vez, así que podría hacerlo de nuevo. Me dijo que, si seguía sus órdenes al pie de la letra, me dejaría seguir viviendo.

—¿Y te ordenó que me mostraras esto? —pregunto, todavía intentando seguir lo que dice.

—Sí. Que te trajese aquí y te enseñara esto. Eso es lo único que tenía que hacer, y me permitiría seguir viva.

Está llorando tan fuerte que cuesta seguir lo que dice, pero creo que la entiendo lo suficiente como para ahorrarle más preguntas. No está en condiciones de que la interrogue en estos momentos.

La ha dejado destrozada.

—¿Puedo ver a mi padre ya? —solloza—. He hecho lo que me pidió. Lo he hecho bien —llora.

—Por supuesto, Erica —le digo.

Todavía no hemos encontrado la manera de acusar a su padre por lo que hizo. Ha sido puesto en libertad provisionalmente solo para esto.

Hago un gesto con la cabeza para que entre y le abren la puerta. Segundos después, un hombre roto entra corriendo y agarra a su hija, que llora desconsoladamente. Me doy la vuelta y les dejo un momento a solas mientras ella solloza contra su pecho.

—«A salvo» —le digo a Craig en cuanto salgo.

—¿Puede ser el resto del mensaje? «No puedes» —dice, y muestra una foto en su iPad de la mujer del juez a la que colgó de un edificio— «mantenerla» —continúa, y enseña la foto del brazo de Lisa— «a salvo» —dice, mirándome a mí.

Donny está de pie a su lado y sacude la cabeza.

—Pero Erica está aquí. ¿Nos está diciendo que no podemos mantenerla a salvo ahora que la tenemos? ¿Será un paso más dentro de su juego?

Una ráfaga helada se apodera de mí.

—«Logan Bennett, no puedes mantenerla a salvo». Grabó mi nombre en aquel cuerpo con la primera parte del mensaje.

Todos abren mucho los ojos y yo entro en pánico antes de sacar el teléfono. Cuando llamo a Lana, me salta directamente el contestador, así que maldigo y me pongo en contacto con el coche patrulla asignado a su casa esta noche.

—Agente especial Bennett, ¿cómo puedo…?

—¿Dónde está Lana? ¿Estáis vigilando su casa ahora?

—No… Em… Lo siento, señor. Creí que ya se lo habían dicho. Nos retiraron para ir a ayudar en la búsqueda de los niños que aquel enfermo había enterrado.

Se me revuelve el estómago como si me hubieran clavado un cuchillo y cuelgo para llamar de inmediato a Duke.

—Detective Du…

—Dime que estás con Lana en estos momentos —espeto.

—No… Creí que estaba contigo. ¿No la acabo de ver en tu oficina?

—¿La has dejado sola, joder?

—¡Pensé que estaba contigo! Según mis agentes, la sacaste de casa, ¡y luego la vi contigo!

—¡Me cago en la puta!

Cuelgo y empiezo a correr hacia el SUV en el que hemos venido. Craig y Donny vienen pisándome los talones.

—¡Me quedaré aquí y veré lo que puedo averiguar! —grita Donny.

Craig se sube al asiento del copiloto y se abrocha el cinturón a toda prisa mientras yo arranco para salir del aparcamiento. Le lanzo mi teléfono.

—Sigue llamándola.

Hace lo que le digo, pero no deja de maldecir antes de colgar.

—O tiene el teléfono desconectado o está sin batería. La llamada no entra.

Piso a fondo el acelerador y enciendo las luces.

—¡Que vaya alguien hacia allí, ya!

—Ya estoy en ello —me dice con el móvil en la oreja. Le está gritando órdenes a alguien, informando de la dirección de Lana mientras yo me abro paso entre los coches sin pisar el freno en ningún momento.

—Dicen que tardarán veinte minutos —me informa antes de colgar—. ¿Cuánto tiempo lleva en casa?

Siento un nudo en el estómago. Se fue una hora antes que yo. Tardaría unos treinta minutos en llegar a casa. A mí me ha llevado casi dos horas salir hacia aquí. Eso significa que la ha tenido para él solo durante al menos dos horas y media.

Sin nadie que la salve.

En mitad de la nada.

Sin un vecino cerca que la escuche.

—Demasiado —susurro con voz ronca, temiendo lo peor mientras piso más a fondo y oigo a Craig resoplar cuando esquivo otro coche por los pelos—. Demasiado tiempo, joder.

Capítulo 2
HADLEY

El infierno está vacío y todos
los demonios están aquí.
—WILLIAM SHAKESPEARE
La tempestad

Un rato antes

Dicen que los niños encuentran la magia en
todo. Los ojos que me miran cuentan una historia diferente mientras me siento a su lado.
Tan pequeña y ya ha visto algunas de las peores depravaciones de este mundo. No hay nada
mágico en eso. Solo maldad.

Lindy May también parece tener los ojos
hastiados, pero estoy demasiado sensible como
para pensar con claridad ahora mismo.

Este hombre siguió haciendo de las suyas
porque les dejé que me convencieran de que
estaba todo en mi cabeza. La terapeuta. Él. Mi
madre…

Por mi culpa, ahora esta niña está sufriendo. Por mi culpa muchos otros niños están muertos. Muchos otros niños sufrieron lo mismo que yo.

Porque era débil. Tanto que dejé que me manipularan.

La culpa me resulta insoportable y apenas soy capaz de respirar cuando me obligo a sentarme a su lado. Para distraerme de mis propias dudas, me centro en el hecho de que ella conocía a Lana. No tengo ninguna duda de que la niña, que no había saludado a nadie hasta ese momento, le hizo un gesto a Lana con la mano porque sabía quién era.

—¿Conoces a Lana Myers? —le pregunto.

Abre los ojos y Lindy carraspea.

—No. Qué va.

Está claro que es mentira, pero no lo digo. No se está quieta, y se la ve incómoda desde que he mencionado a Lana. Craig ya se ha ido corriendo a contárselo a los demás, así que no tengo mucho tiempo para obtener respuestas.

Laurel frunce el ceño y mira a Lindy.

—Ese hombre que te ha hecho daño… también me lo hizo a mí —le digo, buscando complicidad, intentando proporcionarle algo que le permita crear un vínculo conmigo. Me cuesta distanciarme…, no dejarme llevar por las emociones. Pero lo consigo porque llevo años entrenándome.

Laurel se inclina hacia mí, me tira de la manga y yo me agacho para que me susurre al oído. Noto que se tapa la boca con las manos, como si quisiera evitar que alguna palabra escape del túnel que va de sus labios a mi oído.

—Mi ángel se ha asegurado de que nunca vuelva a hacernos daño —dice, y un estremecimiento enfermizo se apodera de mí—. Mi ángel me salvó. Ella siempre me cuidará. Lo está haciendo ahora mismo.

Me incorporo para asimilar lo que me ha dicho cuando Duke irrumpe en la habitación. Ni siquiera estoy segura de lo que están hablando cuando consigo salir. Logan me sigue, demasiado preocupado.

Las palabras salen de mi boca antes de que pueda detenerlas y empiezo a sollozar, a asimilar el peso de mi responsabilidad en todo esto.

Podría haber evitado que les hiciera daño a más personas.

De mis labios brotan las palabras igual que un vómito, y vierto todo lo que he reprimido desde el día en que hui. Tampoco sé muy bien lo que nos estamos diciendo; todo es muy confuso.

Mi mente ha activado el piloto automático, dominada por la culpa y el autodesprecio.

No me detiene cuando acabo por marcharme, pero me paro frente a la sala de descanso. Lana está repanchigada, viendo la tele como la persona más relajada en la faz de la tierra.

Me mira, consciente de que alguien dirige su atención hacia ella. Esa no es la reacción de una persona inocente.

Me observa con una sonrisa burlona en los labios, como si me estuviera retando a decir algo en estos momentos.

«Mi ángel se ha asegurado de que nunca vuelva a hacernos daño. Mi ángel me salvó. Ella siempre me cuidará. Lo está haciendo ahora mismo».

Las palabras de Laurel me golpean, y poco a poco voy conectando piezas que no terminan de encajar. *Ella*. Laurel dijo «ella».

Y saludó a Lana con la mano.

No puede ser verdad.

Es imposible que Lana lo matara y torturara… ¿Verdad?

Ella arquea una ceja, como si me retara a hablar primero. Si ha matado a un hombre y ha entrado tan campante en un sitio como este…, es una puta psicópata.

No. Es solo que estoy alterada.

Doy por terminado el duelo de miradas y me marcho, decidida a buscar una explicación a todo esto. Ha venido con Logan, por lo que todavía le queda un rato. Él no se irá de aquí sin encontrar respuestas.

Pero yo planeo encontrar otras distintas.

Corro hacia mi coche y, nada más salir a la carretera, recibo una llamada de Leonard. Al principio no pienso contestar, pero luego decido hacerlo. Estoy segura de que tiene que ver con el hijo de puta enfermo al que dejé aterrorizar a niños inocentes por no indagar más allá de lo estrictamente necesario cuando me convertí en agente del FBI.

—¿Qué pasa? —pregunto en tono serio, y me aclaro la garganta para evitar que se me escape el sollozo que amenaza con salir.

—Nuestro asesino castrador mató a Ferguson —dice con mucha calma.

Casi se me cae el móvil.

—¿Cómo? —pregunto con incredulidad.

—No quería que lo relacionáramos con él, pero dejó a la niña con Lindy May Wheeler, quien, sorpresa, en su día vivió en Delaney Grove.

—Eso no tiene sentido. Según vuestro perfil, es un sádico, y un sádico no habría…

—Estamos revisando el perfil. Mata por venganza. No es un sádico. Todo lo que creíamos saber está a punto de cambiar. Pensamos que siente empatía por ti. De alguna manera sabía lo de Ferguson y lo de… tu pasado —dice, pronunciando la última parte con indecisión.

Aprieto el móvil y piso el acelerador.

—Vale. Mantenme informada —respondo, imperturbable, sin que se refleje en mi voz el torbellino de emociones que se agita dentro de mí.

En cuanto cuelgo, hago un repaso de las formas en las que estoy perdiendo la cabeza. He llegado a sospechar que Lana mató a ese hijo de puta, pero es una locura. Este caso me toca demasiado de cerca, no estoy pensando con lógica.

Pero ha dicho que el asesino conocía mi pasado, que se interesó por él. Le di motivos a Lana para fijarse en mí cuando la alerté de mis sospechas como una estúpida. Se mostró demasiado tranquila. Demasiado indiferente ante las acusaciones.

Es como si se hubiera preparado para aquellas preguntas.

Si fue ella quien mató a Kenneth, entonces Lana sería nuestra asesina en serie que ha estado matando a base de fuerza bruta a hombres que le doblan en tamaño. Es imposible que eso sea verdad.

Entonces, ¿qué hago conduciendo hacia su casa? ¿Por qué sigo convencida de que es el ángel al que se refería Laurel?

Si Logan se entera de que se me ha ido tanto la pinza como para acusar a su novia (a la que cree perfecta) de algo tan absurdamente imposible, por no decir extremadamente atroz, no me lo perdonará nunca.

Cuando llego al camino de entrada, no hay ni rastro de la policía e intento no pensar en lo descabellado que es todo esto. Ahora mismo estamos todos volcados en este caso. La policía local está buscando docenas y docenas de cadáveres enterrados por un demonio al que debería haber matado.

La casa está a oscuras, y cuando giro el pomo con cuidado, me sorprende descubrir que la puerta no está cerrada con llave. La dejo como está y entro. Logan ha estado en su habitación, así que la paso por alto porque sé que sería lo suficientemente inteligente como para esconder todos sus sucios secretitos.

Ignoro la parte molesta de mi mente que me llama loca por sospechar de ella. A nivel físico, ni por asomo es capaz de hacer esas cosas. Matar a Kenneth habría sido una tarea muy complicada. Primero habría tenido que sacarlo del sótano. Luego empujarlo cuesta arriba hasta la playa. Es imposible.

Pero continúo, dejando que mi intuición se anteponga a mi razón.

Hay algo en ella…, algo inquietantemente controlado que Logan no ve. Algo oscuro en sus ojos cuando te mira directamente al alma.

¿Pero hasta qué punto puede ser malvada una persona que salva a una niña?

No entiendo nada.

Encuentro una puerta cerrada con llave y mi instinto me lleva a forzarla sin pensármelo dos veces. Mis habilidades me lo ponen fácil y la puerta se abre en cuestión de segundos. Pero no hay nada dentro.

¿Por qué cerrar una habitación así?

Solo tiene cuatro estanterías contra las paredes, y todas están vacías.

Confundida, me doy la vuelta, pero un grito me desgarra la garganta cuando un enorme cuerpo se abalanza sobre mí.

Intento agarrar la pistola, pero es demasiado tarde. La bestia choca contra mí, me estrella contra la pared y me deja aturdida mientras se me escapa otro grito de dolor.

Me quita el arma, la tira al suelo y vuelvo a quejarme cuando me empuja contra la pared y siento que un aliento cálido con olor a menta me roza la piel mientras me retuerce las manos en la espalda.

—Vaya, qué sorpresa tan agradable, ¿verdad, agente Grace? —pregunta una voz de hombre, lo que provoca que un escalofrío me recorra la espalda—. Dos por el precio de una —continúa, todavía sujetándome—. Una pena que esté buscando a otra. Tendrás que esperar tu turno. Hasta te voy a perdonar que seas pelirroja.

El aire se me queda atrapado en los pulmones cuando me doy cuenta de algo con total claridad. En medio de tanto caos, Logan probablemente ni siquiera pensó en que los policías habían dejado de hacer de niñeros. Solo hay una persona que podría estar aquí ahora mismo.

—Dime, agente Grace —dice mientras me ata las manos con mis propias esposas y yo permanezco indefensa, inmovilizada y forcejeando en vano—, ¿le tienes miedo al Hombre del Saco?

Siento una sacudida en el estómago e intento gritar de nuevo justo cuando me tira al suelo. Se echa encima de mí, riéndose mientras yo pido auxilio a voces. Él se ríe aún más fuerte.

—¡Grita! ¡Grita todo lo que quieras! —se burla—. Este es el mejor sitio del mundo para gritar porque nadie puede oírte, agente.

Me levanta los pies y me doy cuenta de que me los está atando a las manos, obligándome a arquear la espalda mientras se levanta de encima de mí para terminar la tarea.

—Pero no puedes gritar cuando llegue mi invitada —continúa, sonriendo en medio de la oscuridad. Me acostumbro a la falta de luz y consigo distinguir el brillo de su calva cuando me mete algo en la boca.

Intento impedirlo, pero me clava los dedos en la mandíbula y me la abre a la fuerza. Aprieta la mordaza bien fuerte y, segundos antes de que me cubra la boca, oigo el característico sonido de la cinta adhesiva al rasgarse.

Vuelvo a forcejear y a resistirme, pero tengo las manos y los pies atados. Él vuelve a reírse mientras me levanta y me carga sin esfuerzo escaleras abajo, dejando a propósito que mi cabeza se vaya arrastrando contra la pared.

Grito, pero solo consigo emitir un sonido apenas audible y amortiguado bajo las capas de la mordaza que me ha colocado. Al girarse bruscamente, me golpeo la cabeza contra la pared.

—Ups —dice, y suelta una risita.

Me deja caer al suelo y gimo, aunque el sonido no llega a salir debido al fuerte impacto que recibo en el codo y la cadera. El chirrido de las dos puertas plegables del armario me llama la atención cuando veo que se abren, y él me da una patada en el estómago con tanta fuerza que me rompe algunas costillas mientras me arroja al pequeño espacio.

Se arrodilla para introducirme por completo y yo giro la cabeza cuando intenta apartarme el pelo de los ojos.

—Disfruta del espectáculo, agente Grace. Al menos sabrás lo que te espera.

Acto seguido, da un portazo. Los pequeños paneles, a modo de persianas, me permiten mirar por las rendijas y comprobar que se aleja.

La música se filtra por toda la casa; una suave canción clásica. Desde aquí logro ver la puerta principal y observo, deseando no haber sospechado nunca de ella.

Una lágrima me rueda por la mejilla y siento que me quema la piel.

Logan vendrá con ella. Lo veré morir delante de mis ojos. Y ni siquiera puedo avisarlo.

Noto el móvil en el bolsillo delantero, provocándome, tan cerca y a la vez tan lejos. Por mucho que me mueva, no logro alcanzarlo.

Parece que han pasado horas cuando la puerta por fin se abre e intento gritar. Intento advertirle. Pero el poco ruido que consigo emitir queda ahogado por la música que inunda la casa.

Cuando cierra la puerta, viene sola; Logan no está. No hay esperanzas de salvarme.

Todo ocurre rápido.

Plemmons la golpea por sorpresa con un puñetazo en el lado de la cara. Ella deja caer las llaves y el teléfono que lleva en la mano y se estrella contra la pared por el impacto, mareada y confundida.

La empuja con todo su cuerpo y ella grita cuando le retuerce la mano con la que intenta golpearlo, mientras la estrangula con el brazo. A pesar de la música, puedo oír todo lo que le dice.

—Peleona. Me gusta. Y guapísima. El agente Bennett tiene buen gusto —se burla—. Por fin te ha dejado sola. Dime, princesa, ¿le tienes miedo al Hombre del Saco?

Él la levanta y la lanza contra la pared de enfrente. Ella se golpea con fuerza antes de rebotar contra el suelo.

Lo que me llama la atención es que se ríe mientras vuelve a levantarse poco a poco.

—El Hombre del Saco —dice, levantando la mirada hacia él—, ya era hora.

Se detiene y una mezcla de confusión y enfado se refleja en su rostro. Lo que le excita es el miedo. El dolor.

Sin embargo, ella parece inmune.

¿Le ha enseñado Logan cómo actuar?

¿O de verdad es tan estúpida como para no tener miedo?

Él carga contra ella y le da una patada en el estómago antes de levantarla del suelo por el pelo.

Un sonido ahogado se escapa de su boca y él la golpea contra la pared con suficiente fuerza como para romperle algo. Ella tiene la cabeza ladeada y sonríe cuando él se acerca por detrás.

—¿A que ya no te hace tanta gracia? —le pregunta, extendiendo una mano para empezar a bajarle los pantalones—. Se acabó tanta risa.

—Creo que ya me has hecho suficiente daño como para que resulte convincente —le dice antes de que pueda terminar.

Ese extraño comentario hace que se detenga mientras yo noto el pulso en los oídos.

Ella le da un codazo en la cara, con un ángulo imposible. Aspiro aire por la nariz, sorprendida al verlo tambalearse hacia atrás.

Se limpia la boca, se mira los dedos y, con la otra mano, enciende la luz, dejando al descubierto las yemas ensangrentadas.

Le sangran la nariz y el labio inferior, y ya tiene moratones en la cara por los golpes que le ha propinado él. Sin embargo, parece que el dolor no le afecta.

Él entrecierra los ojos.

—El Hombre del Saco no da tanto miedo con la luz encendida —dice, y una sonrisa siniestra le levanta las comisuras de los labios.

El codazo le ha hecho sangrar por la nariz, y grita de rabia antes de lanzarse sobre ella. Lana se da la vuelta, esquiva su puño y después le asesta un buen rodillazo en las costillas.

Mientras él se dobla sobre sí mismo, ella vuelve a girar, levanta el pie y le golpea en la espalda. Él se estrella contra la pared, lo que la hace sonreír aún más mientras él mira a todos lados, confundido. Furioso. Listo para matar.

—No puedo dejar demasiados moratones. No queremos que sospechen, ¿verdad?

Se me congela la sangre en las venas y sacudo la cabeza con incredulidad.

Saca una navaja, la misma con la que ha matado a tantas otras personas. Ella la mira con indiferencia.

—Ay, cómo me gustaría poder sentarte y hacerte lo mismo que tú les hiciste a todas esas mujeres. Que sientas el mismo dolor y pánico que ellas sintieron —le confiesa, mirándolo de reojo con una sonrisa—. Pero no puedo. Sin embargo, lo que sí que puedo hacer es despojarte de todo ese orgullo del que tanto presumes. De ese «poder» que crees que tienes. Y luego te mataré.

Él se lanza corriendo con la navaja en la mano, pero ella esquiva dos golpes con demasiada facilidad, como si estuviera jugando con él.

Ella le agarra la muñeca al tercer ataque y se la retuerce rápidamente en un ángulo extraño mientras él grita. El cuchillo cae al suelo y ella se gira y le asesta una patada en los pies.

Cuando él se cae al suelo, ella empuja el cuchillo con el pie hacia un lado para que quede fuera de su alcance. Él se levanta rápidamente y corre hacia una mesa, pero ella se agacha, agarra la navaja y la lanza con tanta fuerza a un cajón que la hoja queda clavada hasta la mitad.

La madera no se mueve cuando intenta sacarla, y ella se ríe mientras se abalanza sobre él esta vez. Él intenta agarrarla, pero es demasiado rápida y le da un rodillazo tan fuerte en la entrepierna que cae de espaldas, sollozando mientras probablemente trague saliva para que se le vuelvan a bajar las pelotas.

—Un buen rodillazo en los huevos resultará creíble —dice, y arranca la navaja del cajón antes de abrirlo y sacar una pistola—. Buen intento, por cierto. Una lástima que sepa dónde tengo escondidas mis propias armas, ¿no crees?

Ella es el gato, y él, el ratón.

El hombre que ha tenido a todo Boston aterrorizado durante tanto tiempo, y ahora a Washington, no es más que un juguete en sus manos.

¿Quién cojones es Lana Myers?

No hago ruido, aterrada por una razón completamente distinta. Se me ocurrió amenazar a una chica que tiene a un sádico sexual sollozando en el suelo.

—El temible Hombre del Saco —dice con un suspiro mientras lo rodea con la navaja en la mano—. Nunca me han gustado las pelis de terror. ¿Sabes por qué?

Él se agarra la entrepierna, todavía retorciéndose en el suelo de dolor.

—Te diré por qué —continúa, y le da la espalda para volver al salón—. Porque siempre pintan a las mujeres como unas chillonas y unas patéticas, incapaces de salvarse a sí mismas. El malo siempre va andando. La chica siempre corre. Sin embargo, de alguna manera, el aterrador «Hombre del Saco» acaba alcanzándola.

Observo cómo Plemmons consigue ponerse de pie, con ella todavía de espaldas. Abro mucho los ojos, y no sé a cuál de los dos sería peor enfrentarme.

Dos demonios en una habitación.

¿Cómo he acabado aquí?

—También odio que las pinten como cabezas huecas con un golpe de suerte —añade, ajena a su acercamiento sigiloso—. Que las chicas agarren un cuchillo en el último momento y el asesino corra hacia la hoja. Demasiado anticlimático. Normalmente acaban desapareciendo cuando ellas corren a buscar ayuda. Entonces él hace un último intento por matarlas.

Se acerca por la espalda sigilosamente y, en el último segundo, se abalanza sobre ella.

Ella sonríe, y a mí se me encoge el corazón cuando se deja caer sobre las manos, levanta las piernas rápidamente y le agarra el cuello con los tobillos antes de darle la vuelta, todo ello con un solo movimiento fluido.

Joder con la ninja asesina.

Él se cae al suelo y ella lo ahorca ahora rodeándole el cuello con las piernas.

—Me gusta asfixiar a hombres igual que te gusta a ti hacerlo con mujeres —sisea con un tono tan oscuro y siniestro que me repugna y confirma mis peores temores—. Pero yo no ataco a los que son más débiles que yo. No ataco a inocentes.

Lo suelta y vuelve a ponerse en pie con la misma velocidad incomprensible, casi antinatural. Poco a poco, sus palabras van calando hasta lo más profundo de mi ser y lo que implican me deja completamente desconcertada.

«Mata por venganza». Leonard me dijo que mataba por venganza.

«Empatía».

Todas las piezas intentan encajar.

Plemmons tose, ahogándose con el aire que entra en sus pulmones.

—¿Quién… eres? —pregunta entre respiraciones entrecortadas.

A ella se le ensancha la sonrisa.

—Soy la chica que se encarga de la escoria. De esos hombres capaces de hacer cosas horribles y retorcidas a los más débiles. De los que han abusado de inocentes. De los que creyeron que acabaron conmigo cuando yo no podía defenderme. Igual que las mujeres a las que has matado tú.

Se agacha cerca de su cabeza, mientras él se retuerce boca arriba, todavía agarrándose el cuello. Es puro teatro. Es un pésimo actor. ¡Maldita sea! ¡Está fingiendo!

Cuando por fin me decido por un bando, intento avisarla, pero mis palabras quedan ahogadas bajo las capas de la mordaza y el sonido constante de la música.

Ella le acerca la navaja a la mejilla y lo acaricia con la hoja. Él deja de forcejear y se queda completamente inmóvil.

—Tú eres igual que yo —le dice, con más sorpresa en su tono que miedo o malicia.

—No —le responde en voz baja—. Soy mucho peor y mejor que tú. Soy aquello que temen los monstruos que habitan en la oscuridad. Y ahora incluso soy la pesadilla del Hombre del Saco.

Ella se aleja y él se pone de pie. Cuando se coloca de frente, ella le guiña el ojo… Le guiña el puto ojo. Está disfrutando cada segundo.

Está cumpliendo lo que prometió: lo está despojando de su orgullo y su poder, destrozando la sensación de inmortalidad e invulnerabilidad que tenía.

Él agarra una lámpara y se la lanza a la cabeza. Ella la esquiva riendo, y él coge la mesita y se la tira.

Ella la sortea, aprovechando su velocidad. Es como si lo tuviera todo planeado.

—Ni siquiera se te levanta como a un hombre de verdad —lo provoca, y sonríe cuando se le dilatan las fosas nasales y la rabia le arruga el rostro—. Necesitas rajar a mujeres y verlas sangrar para que se te empalme en condiciones. Eres débil —dice mientras cruza la habitación—. No tendría que haberme tomado la molestia contigo. Los hombres a los que yo mato son fuertes y poderosos, capaces de follarse a una mujer sin necesidad de forzarla. Solo violan cuando sienten que necesitan ponerlas en su sitio.

Le dice exactamente lo que necesita oír para sacarlo de sus casillas, romper la fachada que ha construido y humillarlo. Es muy buena analizando perfiles porque ha estudiado mucho el tema. Ha aprendido a degradar y humillar a todas sus víctimas.

Igual que hicieron con ella.

Es una víctima. O al menos lo fue.

Cada palabra que sale de su boca completa la historia que aún no ha contado.

—¿Sabes qué es lo que les quito? —pregunta ella, bajando la mirada hacia su regazo antes de volver a levantar la vista hacia el rostro de él.

Se me revuelve el estómago. Yo sí lo sé—. Les arrebato todo —dice al fin—. Tienen mucho que ofrecer.

Le da la espalda para hacerle ver que no tiene poder sobre ella, que no supone ninguna amenaza. La pistola está tirada delante de las puertas del armario, pero él no ha vuelto a cogerla.

Sería demasiado fácil recurrir al arma.

Lo está manipulando de forma magistral.

Está manipulando a un hombre que ha jugado con el mundo entero.

Y va ganando.

Corre hacia ella, dispuesto a demostrar su valía, y ella se gira, con la navaja en la cintura, para mirarlo de frente. Él se lanza directamente sobre ella y yo contengo un grito por miedo a que me oigan.

Ella pone los ojos en blanco cuando él abre los suyos por la sorpresa, con el rostro pálido mientras retrocede dando tumbos, y le arranca la navaja con violencia.

—Qué suerte he tenido —se burla—. Igual que en las pelis de terror. Nadie sospechará nada.

Cae de rodillas, con la herida del abdomen sangrando a borbotones. Hay demasiada sangre como para que sobreviva si no llega ayuda de inmediato.

Yo habría sido su próxima víctima. Ahora me pregunto qué pasará cuando descubra que lo sé todo.

Aunque ya podría haberme matado. Nadie habría sospechado de ella.

En su lugar, localizó a mi padrastro, lo mató y luego le salvó la vida a una niña. Una cría a la que yo defraudé al no ser la heroína que un demonio sí supo ser.

Lana Myers, o quien quiera que sea en realidad, sobrevivió a algo tan terrible que necesita vengarse.

Pero Logan está saliendo con ella.

Se está enamorando.

Y es una puta psicópata.

El sentimiento de culpa por mis propios fracasos me lleva a preguntarme qué pasaría si la detuviera. No tengo suficiente información sobre sus víctimas como para saber si hacen daño a otras personas, tal y como yo dejé que Kenneth hiciera.

He fallado a demasiadas personas por creer en mentiras.

Ella puso fin a sus malas acciones.

¿Qué pasará si más gente resulta herida por detenerla antes de que termine? Apenas puedo vivir con la culpa a la que todavía tengo que enfrentarme.

Mientras me debato entre las opciones, Lana se sienta y lo observa desangrarse, sujetando la navaja como si fuera el mando de la televisión y estuviera viendo su programa favorito. Él se ahoga y gorgotea sangre, mirándola con incredulidad.

Vino a matar a una mujer indefensa y acabó descubriendo que en realidad él era la presa que había caído en la guarida del león.

—Esta es mi parte favorita —le dice con suavidad—. La mirada de resignación. El momento en que la esperanza se pierde y sabes que no van a venir a salvarte. He estado en esa situación. Es aterrador, así que sé exactamente lo asustado que estás ahora mismo. Lo indefenso que te sientes. La diferencia es que tú no vivirás para matarlos a todos algún día.

«Matarlos a todos algún día».

Memorizo cada dato y decido hacer una lista con las razones por las que debería o no debería contarle al mundo quién es ella.

—Me lo arrebataron todo. No me dejaron nada. No tenía nada que perder —susurra, y apenas oigo lo que dice—. Hasta que llegó él.

El corazón me late más deprisa. Logan. Está hablando de Logan.

—Entonces, decidiste que querías matarlo. Es demasiado bueno para morir. Es todo lo contrario a nosotros. Su luz aún sigue brillando. Espero que se diviertan contigo en el infierno. Te condenaste a ti mismo el día en que fuiste a por lo único que me hace sentir que aún me queda un alma que salvar. Lo único que amo más que la venganza.

Y así, sin más, tengo mi respuesta. Y observo junto a ella cómo el Hombre del Saco muere víctima de su propia navaja. A manos de una mujer.

Las manos de una víctima.

En cierto modo, es justicia poética.

Capítulo 3
LANA

> Jamás el camino del verdadero amor
> se vio exento de borrascas.
> —WILLIAM SHAKESPEARE

Mi hermano era amante de Shakespeare. Se desvivía por las palabras de un hombre al que sus coetáneos no supieron valorar. La gente de aquella época no respetaba ni apreciaba la angustia y el tormento que acompañaban cada tragedia que escribió bajo la apariencia del verdadero romanticismo.

Marcus era romántico hasta la médula, y solo irradiaba luz y belleza.

El mundo que nos rodeaba apagó esa luz.

Le arrebataron su encanto.

Mancillaron su nombre.

Lo mataron.

Nos destruyeron.

Me divierto observando cómo el Hombre del Saco exhala su último aliento. Ya no volverá a arrebatar luces tan brillantes como la de mi hermano.

Ya no se percibirá al Hombre del Saco como el ser inmortal que juega con la policía y el FBI. Ya no será la pesadilla que aterroriza a mujeres y amenaza sus vidas. Se lo recordará como el mortal asesinado a manos de una mujer débil con la que no consiguió acabar.

Una mujer que tuvo la «suerte» de matarlo primero.

Con curiosidad, me coloco un guante y le registro los bolsillos, donde encuentro un mando. Hmmm…

Miro alrededor y veo para qué sirve. Hay un pequeño aparato que desentona cerca de la chimenea. Estoy bastante segura de que es un inhibidor de señal de teléfonos móviles. El mío funcionaba antes de entrar, así que debió de activarlo en algún momento.

Vuelvo a guardarle el mando en el bolsillo y me levanto para ir a por mi móvil. Se me cayó en los cinco primeros segundos en los que me pilló desprevenida. Como era de esperar, no funciona cuando lo intento. No hay señal.

Bien. Eso me proporciona una excusa para explicar por qué me quedé mirando cómo se desangraba durante treinta minutos…, de la misma forma que él dejaba morir a sus víctimas.

Miro por encima del hombro y me asalta un *flashback* propio de las películas de terror, pero sigue muerto. No hay escena de escapatoria para el mortal que ha exhalado su último aliento.

Vuelvo a mirar el móvil y lo llevo hacia el sofá. Una chica normal no detectaría tan rápido un inhibidor de señal (ni siquiera sabría lo que es) después de pasar por el trauma de matar a alguien.

Apago la música y saco mi iPod de la base. Gilipollas.

No me gusta que la gente toque mis cosas. Y ahora encima me ha dejado todo el suelo manchado de sangre. Voy a tardar un siglo en limpiarlo.

Diría que es muy poco considerado por su parte, pero, dado que he sido yo la que en cierto modo lo he apuñalado, supongo que es culpa mía. Tendría que haber dejado que se abalanzara sobre la navaja en el suelo de baldosas en lugar de en la moqueta.

Ah, bueno. Así podré cambiarlo por ese parqué al que llevo tiempo dándole vueltas.

Normalmente no reformo mis casas, pero, dado que Logan vive relativamente cerca, he tenido más razones para quedarme que para irme.

Me pregunto cuánto tiempo pasará antes de que alguien venga a ver cómo estoy. ¿Debería salir corriendo y ponerme a gritar por la calle? ¿Cómo actúa una persona normal después de haber sido atacada por un maníaco homicida y haberlo matado de casualidad?

¿Se mecen en una esquina? ¿Lloran? Espero que no. No me sale llorar de mentira y no me gusta mecerme. Me mareo.

¿Me pongo a gritar y finjo estar destrozada o muerta de miedo? No me gusta gritar. Me hago daño en la garganta. Y actuar como si estuviera aterrorizada me resultará difícil porque… no recuerdo cómo es tener miedo.

Está claro que quería violarme. Sí que me acuerdo de cómo sentirme después de eso. Paralizada. Rota. Con tendencias suicidas. Pero fue mucho más que un solo hombre lo que me llevó a ese punto.

Fue mucho más que una violación lo que me dejó tan destrozada.

Así que, en realidad, supongo que no lo sé, pero tampoco importa. Lo que está claro es que nunca llegó tan lejos.

¿Me hago la aturdida o la sorprendida? ¿Muestro remordimiento, aunque se merecía morir? Me daría la risa si intentara fingir que me siento culpable por ese pedazo de mierda sádica con patas.

Quizás pueda fingir estar atónita o conmocionada. ¿Tal vez actuar como si no fuera capaz de asimilar que acabo de matar a un tío?

Es difícil entender a las chicas normales porque no recuerdo la última vez que me comporté como tal. Las chicas normales pasan demasiado tiempo preocupándose por sus acciones. Solo quien ha tenido que luchar por respirar sabe lo que vale hacerlo sin dolor.

Yo, por mi parte, ya he pasado por un infierno, por lo que nada me afecta.

Me decanto por parecer sorprendida. Es lo que menos me cuesta fingir.

Así que mientras espero a que venga alguien (cosa que sucederá cuando Logan se dé cuenta de que no tengo protección), practico la mirada perdida. No suelto la navaja, sino que la aprieto hasta que se me ponen blancos los nudillos, convencida de que una chica en estado de *shock* haría lo mismo.

Sip.

Lo tengo controlado.

Así que espero.

Y espero.

Y espero.

Madre mía.

Por fin, oigo los característicos pitidos y bocinazos de las sirenas y el chirrido de los frenos en la entrada. Joder. Me alegra no haber necesitado que me rescataran. Con una entrada así de escandalosa me habría matado al instante, y al cabrón que está sangrando en el suelo de mi casa le habría dado tiempo a escapar.

Inútiles.

Siento curiosidad cuando irrumpen por la puerta y veo por el rabillo del ojo cómo apuntan con sus armas al aire frente a ellos. ¿Cómo saben que está aquí?

Sigo con la mirada perdida, a la espera.

—Hostia puta —dice alguien, pero yo sigo «conmocionada», mirando al frente.

¿Cuánto tiempo tengo que estar así?

Me escuecen los ojos de tenerlos tan abiertos.

—Plemmons está en el salón.

No muevo la cabeza, pero veo que se arrodilla mientras otro policía no deja de apuntar con el arma al Hombre del Saco.

—Despejado.

—Despejado.

—Despejado.

Se oyen voces que repiten la misma palabra por toda la casa. Yo permanezco inmóvil como una estatua.

—Muerto —dice el tipo que está de rodillas, y luego agarra la radio que lleva colgada del hombro—. Central, Plemmons está muerto. La casa está despejada.

Enciende la radio, vuelve a hablar por ella y repite lo que ha dicho.

—¿Qué coño pasa? —pregunta.

Al parecer, ese inhibidor anula algo más que la señal del teléfono.

—No lo sé. La mía tampoco funciona. Ni el teléfono. No toques nada de la escena. Este caso es de los federales. Despeja la casa hasta que lleguen. Ya están dándonos la tabarra por haber tardado treinta minutos más de lo previsto. ¿Cómo iba yo a saber que no eran solo paranoias suyas? Estábamos hasta el cuello, metidos en un cementerio de tumbas sin nombre, con todos los efectivos disponibles.

—¿Señorita? —El chico se acerca, sin responder a ese idiota enfadado, mientras yo sigo con mi papel de niña triste y conmocionada.

Me toca la muñeca con cuidado y yo me sobresalto.

—Shhh —me tranquiliza, y después me quita la navaja de la mano para entregársela al compañero, que la envuelve y la guarda en una bolsa de pruebas—. Está a salvo, señorita Myers.

Lo dice con voz tan dulce que tengo que mantener la compostura para no sonreírle en señal de agradecimiento ante una preocupación tan sincera.

Algo traquetea detrás de nosotros, un ruidoso golpeteo, y me giro sin pensar mientras ellos desenfundan sus armas y apuntan al armario que hay en la habitación.

El corazón me late con fuerza en los oídos mientras lo abren de un tirón, y pierdo todo el color de la cara al ver a Hadley forcejeando en el suelo, probablemente aporreando la puerta con la cabeza.

Oigo sus sonidos ahogados cuando poso la mirada en la cinta adhesiva que le tapa la boca.

Retiro lo dicho. Ahora recuerdo lo que es tener miedo, porque siento cómo me recorre la espalda y va subiendo cada vez más. Me acribillarán a balazos antes de que consiga escapar. Hay al menos quince policías en mi casa en este momento.

Tampoco tengo que fingir que me quedo paralizada por la conmoción. Todo mi cuerpo ha dejado de funcionar, así que incluso, si quisiera salir corriendo, no podría.

Tiene los ojos fijos en los míos, pero desvía la mirada cuando empiezan a desatarle los pies y a liberarle las manos de las esposas. En cuanto se las sueltan, empieza a quitarse la cinta.

Y yo cada vez me voy poniendo más tensa, rezando a todos los dioses por que haya estado inconsciente todo este tiempo. A ver, no es ninguna locura. No ha hecho ruido hasta ahora.

En cuanto puede volver a hablar, empieza a frotarse las muñecas mientras la ayudan a levantarse. Se tambalea y uno de ellos le ofrece ayuda, sujetándola por debajo de los brazos.

—Soy la agente Hadley Grace —les dice con firmeza cuando ellos abren la boca probablemente para identificarla.

Todos la cierran al instante y bajan las armas.

—Vine a ver cómo estaba la señorita Myers en cuanto supe que habían retirado las patrullas —miente con total naturalidad.

Vino para encontrar algo con lo que inculparme.

Y lo ha conseguido.

Como cualquier idiota de los que salen en las películas, descubrí mis cartas y solté todo lo que tenía dentro delante de un hombre que sabía que nunca podría contárselo a nadie. Joder, ¡si le solté un puto monólogo de lo más macabro!

Lo hice para jugar con él.

Lo hice para despojarlo de su poder.

No sabía que me estaban viendo.

Ella me examina con detenimiento.

—¿Qué ha pasado? —pregunta el agente.

Ella le dirige su atención.

—Estaba en la planta de arriba despejando la casa cuando me di cuenta de que la puerta estaba abierta. Me golpeó por detrás y me ató para esperar a que la señorita Myers llegara a casa. Quería que lo viera. Quería que viera lo que me pasaría cuando terminara con ella.

Vuelve a mirarme a mí, y me dice algo sin palabras, aunque no sé bien qué.

—La señorita Myers se defendió. Tuvo suerte. Hasta le arrojó algunas cosas —dice, provocando que la conmoción que siento se expanda. Hace un gesto hacia los restos de la lámpara hecha añicos y el desastre de la mesita que me lanzó *él* a mí—. Lo pilló lo suficientemente desprevenido para que se le cayera la navaja. De alguna forma, consiguió recogerla antes que él y se dio la vuelta justo a tiempo. Él chocó directamente contra ella.

No aparta la vista de mí, mientras yo intento averiguar qué coño está pasando. ¿Por qué me está encubriendo? ¿Es solo para poder reservarse la verdad y contársela a su equipo en lugar de entregar el arresto a la policía?

—Pura suerte —dice, prácticamente repitiendo las palabras que usé para burlarme antes.

Como no tengo claros sus motivos, permanezco inmóvil.

—Desde luego —concuerda uno de ellos.

Hadley aprieta los labios y desvía la mirada.

—Llamaré a mi equipo.

Se me encoge el estómago y cada vez siento más ganas de vomitar. Levanta el teléfono y luego frunce el ceño. Pero entonces echa un vistazo al cadáver.

—Tiene un mando en el bolsillo. Lo… lo vi antes.

Cada vez me encuentro peor.

Odio el juego que se trae entre manos.

—No podemos tocar nada de la escena hasta que lleguen los federales —dice uno de los chicos y ella levanta una ceja.

—Yo soy federal.

—Hasta que tu…

—¿Dónde cojones está todo el mundo? ¿Por qué nadie me contesta al maldito teléfono? —Al oír la voz de Logan, giro la cabeza de golpe hacia la puerta.

—¡Lana! —grita con el pánico reflejado en su voz.

—¡Estoy aquí! —respondo, con la voz quebrada de verdad. No sé lo que va a hacer Hadley, y las lágrimas que me empañan los ojos son reales.

Puede que esta sea la última vez que él me mire sin algo más que horror y desprecio si le cuenta quién soy realmente.

Sus ojos salvajes me localizan y todo su cuerpo se relaja visiblemente mientras cruza la habitación a toda velocidad, sin ni siquiera fijarse en el cuerpo ensangrentado antes de agarrarme y apretarme contra sí.

Miro a Hadley y veo que nos observa con una expresión indescifrable. Desvía la mirada y les cuenta a los policías algo sobre el ataque; otra mentira.

Logan me abraza con fuerza, con todo el cuerpo rígido mientras yo me apoyo en él y absorbo su calor. Se aparta, me mira a la cara con el ceño fruncido y me examina.

No me ha hecho nada que yo no haya permitido. Bueno, salvo el primer golpe. Consiguió darme una vez por sorpresa, eso no lo vi venir.

—¿Qué cojones ha pasado? —lo oigo decir, mirando hacia abajo ahora que está viendo al Hombre del Saco por primera vez.

Me atrae hacia sí, casi como si quisiera protegerme de la imagen.

—Ha tenido suerte —dice Hadley, con lo que vuelve a atraer mi atención.

Él la mira.

—¿Qué haces tú aquí?

—Vine a ver cómo estaba en cuanto supe que habían retirado las patrullas —dice, mintiendo de nuevo—. Dejaré que ellos te informen sobre los detalles, pero digamos que voy a tener un buen dolor de cabeza. —Señala el moratón de su sien. Me mira a los ojos antes de volver la vista hacia él—. Esta noche ella nos ha salvado la vida.

Acto seguido, se aleja, pero sigo preocupada por sus intenciones.

Quería encontrar trapos sucios y yo le di mucho más de lo que esperaba. ¿Por qué dejarlo estar? ¿Por qué no lo suelta todo?

Logan me sujeta la cara y yo me estremezco cuando me aprieta más de la cuenta sobre el moratón que está haciendo que se me hinche la cara.

—Mierda —sisea—. Vamos a sacarte de aquí.

Craig entra y sus ojos se posan en el hombre que yace muerto en mi salón.

—Vaya, menuda forma de cerrar un caso —dice, con los ojos como platos a causa de la incredulidad.

—Filtra a los medios de comunicación que el caso está cerrado —le dice Logan antes de levantarme del suelo y cargarme como si fuera frágil.

Se lo permito. Cuando está cerca, no siento que tenga que ser invencible. Cuando está conmigo, me doy cuenta de que puedo dejar que cuiden de mí sin sentirme débil.

Como si estuviera bien mostrarme vulnerable porque él nunca lo usaría en mi contra.

Me conduce a través del enorme despliegue de policías, que no dejan de llegar, todos deseosos de ver con sus propios ojos al Hombre del Saco muerto.

—¡Lana! —Una voz conocida me impulsa a mirar hacia atrás y veo a Duke corriendo hacia nosotros, con una profunda expresión de pesar en los ojos—. He venido en cuanto me has llamado —dice, mirando a Logan, sorprendido—. ¿Cómo has llegado antes que yo?

—Ha venido tan a toda hostia que sigo con el culo apretado. Creo que no ha pisado el freno ni una vez hasta que hemos llegado —le dice Craig con indiferencia. No sabía que nos había seguido.

—Saca a tus hombres de la casa. Necesitamos despejar la escena —dice Logan.

—¿Qué ha pasado? —pregunta Duke, mirándonos—. ¿En serio os atacó?

—Sí. Y Lana ha tenido suerte —dice Hadley mientras pasa junto a nosotros, dirigiéndose hacia Craig y tirándole del codo—. Llévame tú a casa, no sé si tengo una contusión.

Se me encoge el estómago y Logan me besa suavemente en la frente, sin preguntarme cómo he matado al hombre que estaba en mi casa. Lo único que le importa es que él está muerto y yo viva. Todos los detalles parecen irrelevantes, como si yo fuera lo más importante.

Baja la mirada, con los ojos torturados por el remordimiento.

—Esto no es culpa tuya —digo, consciente de que los moratones que tengo en la cara son la causa de esa expresión que ensombrece sus ojos, normalmente brillantes.

Mis heridas son solo superficiales. He sobrevivido a cosas mucho, *mucho* peores.

—Todo esto es culpa mía. Nadie volverá a tocarte jamás, Lana.

Pega sus labios a los míos y lo beso, decidida a ocuparme de Hadley más tarde.

Cuando interrumpe el beso, mira hacia un hombre y una mujer que se acercan conduciendo y, antes de que salgan del coche, les dice:

—Llevadnos a la ciudad. Voy a alquilar una habitación para esta noche.

—Tengo el bolso en…

—Puedo permitirme una habitación de hotel —me interrumpe, sin molestarse en mirarme.

Mis labios tratan de esbozar una sonrisa, pero la reprimo, consciente de que una chica que acaba de pasar por lo que yo he pasado no debería sonreír viendo su actitud dominante. Se supone que debo mostrarme dócil y tímida.

—Subid —le dice la mujer.

—Alguien debería examinar la escena —dice el chico.

Parecen completamente indiferentes o extrañamente cautelosos a la hora de saciar su curiosidad.

—Está muerto. No hay ninguna escena.

—¿Muerto? —pregunta la mujer con sorpresa, y luego entrecierra los ojos—. Quería ser yo quien acabara con él.

—Me voy a tomar una semana libre —anuncia Logan de repente—. Este caso está cerrado. Ha atacado a Hadley. A Lana le ha...

—¿A Hadley? —preguntan ambos al unísono.

—Le ha dejado un ojo morado —explica Logan—. No me he enterado bien de los detalles, pero ahora mismo no sé si soy capaz de escucharlos. Dejad que Donny se encargue por ahora. Vosotros dos podéis volver después de acercarnos.

Acepto sin protestar la distribución de los asientos cuando noto que se me cierran los ojos. Con tanta adrenalina recorriéndome el cuerpo, casi se me olvida que hace más de veinticuatro horas que no duermo.

Ahora me siento vencida, derrotada por el desgaste de las horas. Puede que se acerque más a las cuarenta y ocho que a las veinticuatro horas. Estuvimos bastante rato en la oficina de Logan. Para entonces ya era casi mediodía. Cuando llegué a casa, ya había anochecido.

Ahora son las... Joder, tengo la vista tan borrosa por la falta de sueño que no veo el reloj. No puedo contar las horas.

Y me da igual.

Hablan entre ellos mientras el chico conduce. En algún momento oigo que Logan se dirige a ellos como Leonard y Elise.

—Hadley también se ha pillado una habitación de hotel —dice alguien, y eso me despierta de golpe. Elise. Era Elise—. Dice que está demasiado cansada como para irse a su casa, y demasiado acojonada también.

—¿En cuál? —pregunta Logan.

—El nuevo, el que nos queda más cerca —le responde Elise—. Tiene un salón de masajes. Estoy segura de que lo ha elegido por eso.

—Llevadnos a ese. Más tarde iré a ver cómo está.

Todavía no ha dicho nada. Si hubiera querido soltar la lengua, ya lo habría hecho, ¿no? Según parece, ha estado en contacto con ellos.

—El otro caso ha sido un infierno jurisdiccional —afirma Leonard, lo que me desvela de nuevo. Ni siquiera me había dado cuenta de que había cerrado los ojos.

—Todos los policías trataban de marcar su territorio. Duke decía que el caso era suyo, ya que el asesino estaba en su jurisdicción. Los de allí decían que les correspondía, puesto que el cementerio se encontraba en la suya.

—Sí, y en medio de esa pelea de egos, retiraron las patrullas —gruñe Logan—. Esta noche podría haber tenido un final muy diferente.

Me aprieta, pero yo finjo que sigo dormida.

—Es un milagro que consiguiera arrebatarle la navaja. Hadley me ha contado lo que pasó. Ha mandado un mensaje largo —dice Elise en voz baja.

Logan se pone tenso.

—Sigo pensando que no estoy preparado para escucharlo.

Siento el pulso en los oídos.

—Se defendió, Logan. Luchó por su vida y lo consiguió. Lo pilló tan desprevenido que cometió un error y murió a manos de su propia navaja. Se la clavó de lleno. Pensaba que eso solo pasaba en las películas.

Aprieto los labios, pero no digo nada. Si Hadley está difundiendo esa mentira entre sus amigos es porque me está guardando el secreto.

Pero ¿por qué?

Capítulo 4
LOGAN

La muerte es una cosa terrible.
—William Shakespeare

Me da la sensación de que ni con una semana será suficiente. Tampoco es que pueda pedírmela completa. Con suerte, conseguiré unos días, por mucho que mi novia haya estado a punto de morir esta noche.

Se me hace un nudo en el estómago solo de pensar en todo lo que podría haber salido mal.

Cuando entramos en la habitación del hotel, por fin dejo a Lana en el suelo. Registrarse en el hotel fue un rollo, pero Lana se limitó a sacarme la cartera del bolsillo y a entregarle a una mujer demasiado cotilla que estaba detrás del mostrador todo lo que iba pidiendo.

Se nota que aún no ha asimilado la gravedad de la situación. Está demasiado tranquila. Quiero estar a su lado cuando se enfrente a ella.

Esta noche ha matado a un hombre. Uno que casi la mata a ella.

Y todo por mi culpa.

Se acurruca en la cama, con los párpados pesados del cansancio.

En cuanto me quedo en calzoncillos, me uno a ella y me alegro al ver que me deja tocarla. Si la hubiera…

No puedo seguir pensando en todo lo que podría haber salido mal. Incluso Hadley, que es una agente entrenada, se ha negado a irse sola a casa. Se ha venido a un hotel, donde la oirían si gritase pidiendo ayuda.

Lana debe de estar a punto de venirse abajo. No es más que una civil sin formación.

—Lo siento mucho —digo contra su pelo.

Ella ronronea, y se acomoda contra mi cuerpo.

—No es culpa tuya —balbucea.

—Sabía que mi trabajo era complicado a la hora de tener una relación, pero, ingenuo de mí, nunca pensé que te pondría en peligro —digo en voz baja, y, cuando no responde, me pregunto si ya se habrá dormido.

Ella se gira para mirarme, esforzándose por mantener los ojos abiertos.

—Si intentas romper conmigo después de sobrevivir al Hombre del Saco, te doy una paliza.

El tono es de broma, pero puedo ver la vulnerabilidad en sus ojos.

—Probablemente debería, si te soy sincero. Pero soy demasiado egoísta como para dejarte marchar —le digo con franqueza.

Ella roza sus labios contra los míos y suspira al acercarse más a mí.

—Me siento exactamente igual. No puedo dejarte ir, por mucho que sienta que te mereces algo mejor.

¿Que *yo* merezco algo mejor? Un sádico sexual la ha convertido en su objetivo por *mi culpa*. La han atacado porque, por una vez, *yo* no llamé a la patrulla para asegurarme de que seguían apostados en su casa. Casi le hacen daño porque *yo* le he fallado.

No. Sí que le han hecho daño. Nada de «casi».

Los moratones que tiene en la cara y el labio partido lo dejan bien clarito.

Mi teléfono suena al tiempo que la respiración de Lana se estabiliza, y yo la escucho dormir mientras la abrazo como si temiera que todo fuera una ilusión. Con miedo de despertarme mañana y darme cuenta de que he tenido un brote psicótico y ahora vivo imaginando un mundo en el que Lana sobrevivió.

Leo el mensaje que me ha enviado Craig.

CRAIG: Tu chica se defendió con tanta garra que le dejó algunos moratones a él también. El forense dice que no debió de ser fácil porque era puro músculo. Es más fuerte de lo que crees. Deja de machacarte.

YO: Cuando tu novia esté a punto de morir por culpa de un asesino en serie que te tiene en el punto de mira, entonces hablamos.

CRAIG: *Touché.* ¿Cómo está?

YO: Creo que todavía no lo ha asimilado. Ahora mismo está dormida.

CRAIG: Por cierto, sé que querías unos días libres, pero… he descubierto algo gordo.

YO: Joder. ¿El qué?

Me llama al móvil, pero Lana ni se inmuta. Respondo a regañadientes.

—Resulta que este pueblo ha encubierto la existencia de un asesino en serie que actuó allí hace diez años. Un sádico sexual, igual que nuestro queridísimo Hombre del Saco.

—Demasiado pronto —contesto, cortante.

—Vale. Perdona. Pero en los periódicos locales no hay ni una sola mención al respecto.

—¿Qué tiene que ver un asesino en serie con nada de esto?

—Esa es la cuestión: no parece que arrestaran al tipo correcto.

Me incorporo despacio, con cuidado de no molestar a Lana. Normalmente me iría a otra habitación, pero hoy no.

—¿Cómo?

—El Padrino lo perfiló como un hombre de entre treinta y tantos y cuarenta y pocos años que trabajaba como operario. Pero Leonard (sí, lo he llamado antes que a ti) asegura que no tiene sentido. El tipo era muy organizado y mostraba tendencias psicopáticas en sus asesinatos. Las mujeres eran brutalmente agredidas *perimortem, ante mortem* y *post mortem*. Este tipo estaba realmente obsesionado con destrozar los cuerpos.

—¿Qué les hacía?

—Te resumo: las descuartizaba con un cuchillo de sierra y luego les perforaba la frente con clavos. Al principio lo hacía casi siempre cuando ya estaban muertas. Luego empezó a hacerlo antes. Se convirtió en un auténtico cabrón desalmado.

—Se trata de un psicópata con tendencias sádicas. No de un sádico sexual. Por lo que parece, el sexo era algo secundario. ¿Qué tiene esto que ver con nuestro sujeto? Admito que es una locura que haya otro asesino en serie en ese pueblo, pero obviamente no se trata de un imitador. La motivación de nuestro individuo es la venganza.

—Eso te decía. Creo que el Padrino encerró al tipo equivocado. Los asesinos en serie rara vez tienen hijos. Con los psicópatas sucede lo mismo. Por Dios, si el noventa por ciento de los sospechosos no tienen hijos porque no pueden mantener relaciones sanas el tiempo suficiente como para tenerlos. El tipo al que encerraron era un padre entregado de dos hijos. Era además padre soltero. Su esposa había fallecido cinco años antes en un accidente de coche. Sus hijos nunca llegaban tarde al colegio ni los descuidaba lo más mínimo. Argumentaron que era imposible que él fuera el asesino, alegando que estaba en casa con ellos todas las noches y cenaban siempre en familia.

—¿Por qué se lo atribuyeron entonces?

—Por el ADN. Encontraron su lefa en las escenas del crimen.

—Di que sí, con profesionalidad. Aunque es bastante incriminatorio.

—O brillante. ¿Quiénes se ponen cachondos teniendo la situación bajo control?

—Los narcisistas. ¿Crees que el asesino lo era?

—Puede que sea porque el asunto del Hombre del Saco esté aún demasiado reciente, pero sí. Pienso que tenía algo de lo que has mencionado, con un toque de narcisismo. Creo que el verdadero asesino incriminó a nuestro hombre. ¿Por qué si no alguien tan organizado dejaría tan descaradamente su ADN? Y escucha esto: encontraron dos tipos de espermicida en cada víctima.

—Pero el espermicida procede de los preservativos. Si dejó esperma, ¿para qué usar uno?

—Parece una pregunta que debería haberse hecho hace diez años. En fin, tenía dos hijos, pero ya no viven en Delaney Grove. Poco después de que encontraran muerto a su padre en la celda de detención del condado, se produjo un accidente.

—¿Cómo? —pregunto, confundido—. ¿Qué ocurrió en esa celda?

—Sí. Robert Evans murió el día en que lo declararon culpable. El informe del forense solo contenía dos palabras: «Se ahorcó». En serio, eso es lo único que dice. Luego los chicos desaparecieron dos noches más tarde.

—Jooooder. ¿Qué pasó?

—He tenido que investigar a fondo para encontrar el informe porque acudieron a un hospital a cinco localidades de distancia. Demasiado recorrido cuando dispones de un médico justo en el pueblo. Supuestamente, sufrieron un accidente de coche, pero el chico, de diecisiete años, presentaba síntomas graves de abuso sexual y, no te lo pierdas, lo habían castrado.

Me trago la bilis que me sube por la garganta.

—Es nuestro individuo.

—Sería lo lógico. Pero, a menos que se dedique a matar convertido en zombi, es imposible. Murió aquella noche en el hospital después de arreglárselas para llegar hasta allí con su hermana a pesar de la gravedad de sus heridas. Si condujo desde Delaney Grove... Dios, no sé cómo no murió desangrado. A la hermana le habían dado una paliza de mil demonios, la habían apuñalado en numerosas ocasiones, tenía la cara desfigurada y un fragmento enorme de cristal clavado. También presentaba síntomas graves de abuso sexual, pero ella aseguraba que había sufrido un accidente de tráfico, igual que él. Se observó que estaban demasiado asustados como para hablar, y la chica murió esa misma noche debido a complicaciones. Eso es todo lo que pude sonsacarle a una enfermera dispuesta a ayudar sin una orden judicial.

Recorro con la mano la cicatriz que tiene Lana en el costado, aunque está cubierta por la ropa. Duerme profundamente, sin darse cuenta de que la estoy tocando. Lo del cristal me pone los pelos de punta, porque me recuerda que ya ha estado a punto de morir dos veces.

Voy a meterla en una burbuja.

—Menuda auténtica putada. Todo esto es una mierda. Consigue los expedientes del caso. ¿Por qué no había oído hablar de esto antes?

—Nunca ocupó titulares de prensa debido a una amenaza terrorista que se produjo al mismo tiempo. Si encarcelaron al tipo equivocado…

—Entonces eso significa que hay otro asesino en serie que ha tenido diez años más para acumular víctimas. Y también que podría haber desencadenado los acontecimientos que han desembocado en esta ola de asesinatos por venganza. La justicia en los pueblos pequeños siempre es complicada. De hecho, normalmente tenemos que ser nosotros los que transportemos a los presos, pero… ¿por qué la tomaron con esos chicos? ¿Qué clase de enfermos hay en ese pueblo?

—En aquel momento la chica solo tenía dieciséis años. El chico había conseguido una beca para un programa de teatro en Nueva York. Iban a marcharse de allí tarde o temprano. Tengo claro que fue el mismo pueblo el que los mandó al hospital. Por eso condujeron tan lejos para morir. El chico podría haber sobrevivido si hubiera parado antes. Pero no lo hizo. Simplemente condujo tan lejos como pudo para escapar de Delaney Grove. No tengo pruebas, pero mi intuición me dice que eso fue lo que pasó.

—Habla con la gente del pueblo. A ver qué puedes averiguar.

Se queda en silencio. Durante un buen rato.

—¿Hay alguna posibilidad de que no se lleve a inocentes por delante?

—¿El sujeto? —pregunto.

—Sí.

—Los asesinos por venganza siempre tienden a pasarse de la raya y empiezan a matar casi por cualquier cosa. No intentes convertirlo en un héroe. Puede que acabe con algunos monstruos, pero también lo hará con gente buena. Y nadie tiene derecho a decidir quién vive y quién muere.

No estoy del todo convencido de ello, incluso cuando las palabras salen de mi boca. Si Lana hubiera muerto a manos de Plemmons, habría recorrido el mundo entero hasta encontrarlo y mandarlo a la tumba.

Pero no lo digo en alto.

—Cierto. Tienes razón. Es solo que… Estos casos siempre son los más complicados.

—Empatizas con los asesinos cuando entiendes sus motivos. Lo comprendo. Pero no olvides que cumplimos la ley . Si todo el mundo fuera por ahí matando a los que les hacen daño, nos extinguiríamos. Es obvio que se trata de alguien cercano a ellos. Que indaga en sus pasados. También en el de Lindy. Era amiga del sujeto desconocido.

—Me pongo a ello. Leonard está trabajando en eso ahora también. Elise está en el hotel en el que estáis vosotros. Al parecer, a todo el mundo le da miedo quedarse en su casa ahora mismo después de que Plemmons irrumpiera en la de Lana y encerrara a Hadley en un armario.

Inconscientemente, le aprieto la cadera a Lana y ella se mueve en sueños.

—Me voy a dormir un poco. Voy a tomarme unos cuantos días libres, y lo digo en serio. Necesito varios días de sueño ininterrumpido.

—Y de sexo ininterrumpido —se burla.

Pongo los ojos en blanco antes de colgar y me acurruco detrás de Lana, que se acerca de forma inconsciente, todavía profundamente dormida. No grita ni se mueve. Tiene una ligera sonrisa en los labios, como si todo estuviera bien.

Menos mal que ocurrió ese pequeño milagro.

Es tan fuerte… Esperaba que se derrumbara, pero cada vez me impresiona más.

—Te quiero —dice, pero no deja de ser una confesión dicha en sueños.

Aun así, el pecho se me encoge y siento como si unas corrientes eléctricas me recorrieran la piel.

Me inclino para darle un beso en la mejilla y sonrío cuando ella suspira. Y, a pesar de que preferiría permanecer despierto y no apartar la vista de ella en toda la noche, el cansancio de unos días tan largos puede conmigo y me quedo dormido con ella entre mis brazos.

CAPÍTULO 5
LANA

> La sospecha siempre acecha
> a la mente culpable.
> —WILLIAM SHAKESPEARE

—Parece que vas en serio —le digo a Logan, sonriendo, mientras él asiente con la cabeza, sin mostrar ni una pizca de inseguridad—. Pues vale —digo con un suspiro antes de igualar su apuesta y empujar hacia delante todos mis caramelos—. A ver qué tienes.

Él sonríe antes de colocar las cartas sobre la mesa.

—Ahora vas y lo cascas. Color, cariño.

Me echo a reír al verle menear las cejas porque está muy mono cuando le sale la vena competitiva.

—Antes de que te vengas arriba…

Coloco mis cartas y se le descompone la cara al instante, lo que me hace reír aún más cuando mira con incredulidad mi escalera real.

—Pero… pero… pero…

Recojo los caramelos y, de repente, se lanza sobre mí y me derriba en la cama mientras yo me río. Sus labios encuentran la curva de mi cuello y yo sonrío cuando me besa en ese punto.

—Estás haciendo trampas y no sé cómo —dice contra mi cuello.

—Solo tengo una cara de póker increíble —digo, y le rodeo la cintura con las piernas.

Durante tres días, lo he tenido para mí sola. He oído que el tiempo cura las heridas, pero eso no es verdad. Lo que realmente te hace olvidar la rabia es enamorarte. Si no fuera por mi hermano y mi padre, las ganas de vengarme se me habrían acabado.

La prensa ha invadido por completo mi jardín, lo cual es preocupante. Jake tuvo que colarse para comprobar que no hubieran entrado en mi cuarto de los asesinatos. Por suerte, nadie se dio cuenta de que hay una habitación dentro de otra.

Craig fue a mi casa para recoger mi bolso y algo de ropa. Tuvo que cargar con todo al trabajo, lo cual le reportó a Logan una buena bronca por habérselo pedido, ya que la gente todavía sigue metiéndole caña a míster Cara Bonita por llevar bolso. Incluso se lo revisaron

en el control de seguridad, mientras él esperaba en la fila muy furioso, al parecer.

A mí me resulta graciosísimo, claro.

Luego se lo llevó a Elise, quien lo guardó en
una bolsa de lona (Craig se cabreó porque no
se le hubiera ocurrido a él) y después nos trajo
la ropa para que la prensa no supiera dónde estábamos.

Además, unos *paparazzi* le habían hecho fotos a Craig con mi bolso. Me fascinan las cosas
que a veces le resultan interesantes a la prensa.

Pero también la detesto. Porque por su culpa me cuesta más avanzar con mi lista negra.

Voy a tener que acelerar el ritmo una vez
que las cosas se calmen. Mi cara magullada ya
apareció en los periódicos y demás, pero todo
el mundo quiere entrevistar a la chica que mató
al hombre que había logrado burlar a todas las
fuerzas del orden.

Así que digamos que no lo pensé bien. Me
he hecho famosa sin querer por ser la chica que
acabó con la pesadilla de toda mujer. Ser una ce-
lebridad no es tan divertido cuando eres una
asesina en serie que tiene que pasar desaperci-
bida.

Logan se ha convertido en Peter Pan: lleva
estos últimos días pegado a mí como una som-

bra errante. No es que me queje. Podría acostumbrarme a tenerlo solo para mí.

El teléfono de Logan suena y él gruñe, todavía encima de mí, antes de extender un brazo para cogerlo. Mantengo las piernas alrededor de su cintura, impidiéndole que se mueva mientras responde.

—Bennett.

Frunce el ceño y se aparta de mí, serio. Desenredo las piernas de su cintura cuando se incorpora del todo.

—¿Cuándo? —Cuando cierra los ojos y aprieta los labios hasta formar una fina línea, comprendo que se tiene que marchar—. Ya. Diles que no toquen nada. Veré si Hadley está disponible y acudiremos lo antes posible.

Suelta el móvil y deja escapar un largo suspiro sin quitarme ojo.

—Necesito ir a hablar con Hadley para saber si se ve capaz de trabajar. Acaban de encontrar dos cuerpos más de otro de nuestros asesinos.

Se me hiela la sangre. Lawrence y Tyler. Por fin los han encontrado. A estas alturas, ya no serán más que un montón de materia putrefacta.

—Iré a preguntárselo yo —le digo, y me dejo caer de espaldas sobre la cama—. Hemos creado una especie de vínculo con todo esto del Hombre del Saco.

Me mira con atención durante un largo minuto.

—¿Seguro que estás bien? No hemos hablado de lo que pasó.

Asiento con seriedad.

—Todavía no soy capaz de olvidarlo, pero lo llevo mejor de lo que creía.

Puede ser engañoso, pero no es mentira. Bueno, no en el sentido estricto de la palabra. Estoy lidiando con las «consecuencias» mejor de lo que pensaba, teniendo en cuenta que esperaba que él se mostrara más receloso. Simplemente parece aliviado de comprobar que no estoy desconsolada.

—Eres increíble —dice, y me agarra la barbilla antes de rozar sus labios con los míos.

—Yo también quiero hablar un momento con Hadley —digo para asegurarme de tener tiempo de aclarar las cosas con ella antes de que se quede a solas con él en el coche.

—Vale. Sí. Por supuesto. Solo dime si está preparada para volver a trabajar y, si es así, avísame cuando termines.

Me levanto y le rodeo el cuello con los brazos para acercarlo a mí y darle un beso. Me aprieta contra sí con un agarre exigente y fuerte. Me encanta estar entre sus brazos, sentir esa protección que me proporciona un simple abrazo.

—No tardaré —respondo contra sus brazos.

Me agarra el culo, me manosea sin tapujos y luego me guiña un ojo antes de dirigirse al baño.

Mi sonrisa se esfuma en cuanto cierra la puerta.

He estado retrasándolo, preocupada por el juego que se trae entre manos. Preguntándome por qué no se lo ha dicho a nadie.

Después de ponerme algo de ropa, compruebo el pasillo, siempre alerta por si alguien descubre dónde estamos alojados. Cuando veo que está vacío, lo recorro a paso ligero, tomo aire y llamo a su puerta.

Abre de inmediato y yo trago saliva con dificultad cuando me doy cuenta de que estoy frente al cañón de una pistola.

—Te estaba esperando —dice Hadley, mirando a mi alrededor.

Ella da un paso atrás, pero sigue apuntándome con el arma mientras entro y cierro la puerta detrás de mí. Mantengo una distancia de medio metro entre la pistola y yo, lista para

reaccionar si veo que le da por apretar el ga-
tillo.

—La verdad es que pensaba que vendrías
mucho antes —afirma, observándome como si
aguardara una excusa por mi parte.

Sin perder la calma, la miro fijamente con
mi expresión más fría.

—Logan quiere saber si estás disponible para
un caso. Está esperando tu respuesta.

—No finjas que has venido para eso —dice,
con tono cortante.

—¿Por qué no le has contado a Logan quién
soy?

Retrocede lentamente y me hace un gesto
para que me siente en la cama más cercana a la
puerta. Hago lo que la chica armada me indica
sin necesidad de palabras y me siento, mientras
ella da un paso atrás hasta quedar sentada frente a mí en la otra cama, sin bajar la pistola en
ningún momento.

—No he venido a hacerte daño —le digo, y
ella se ríe por la nariz.

—Eso seré yo quien lo juzgue. Y, respon-
diendo a tu otra pregunta: es porque le dijiste
al Hombre del Saco que ibas a matarlo para
proteger a Logan. No sabías que estaba allí, obviamente, así que no estabas interpretando nin-

gún papel. Creo que realmente piensas que estás enamorada.

—Lo estoy —respondo de inmediato, y luego hago una mueca. No quería decírselo a ella antes que a él.

Levanta las cejas.

—Los psicópatas no son capaces de amar. Solo pueden fingir que lo hacen.

—¿Crees que soy una psicópata? A ver, bromeo mucho al respecto, pero no encajo en la verdadera definición de la palabra.

—¿En serio? Yo he presenciado otra historia.

Me inclino hacia delante y ella sujeta el mango de la pistola con otra mano.

—Tranquila —le digo, con el brazo levantado—. Solo me estoy poniendo cómoda. Tú me estás llamando de todo sin conocerme en absoluto. Una buena perfiladora indaga en el pasado de la gente.

—No soy perfiladora. Soy experta en medicina forense y un genio de la tecnología. Sé lo que vi. Y voy a contárselo a Logan. Solo quería que lo supieras antes, ya que mataste a mi pesadilla personal y me salvaste de Plemmons. Considéralo un gesto de cortesía.

Las lágrimas se me acumulan en los ojos, y la primera rueda por mi mejilla. El aire se me queda atascado en los pulmones y siento como si tuviera el cuerpo sumergido en una cuba de hielo.

Ella ladea la cabeza, observándome con detenimiento, y yo me seco la lágrima.

—Entonces dame cinco minutos de ventaja —le digo en voz baja.

Empiezo a ponerme de pie y ella se mueve a la vez mientras me apunta a la cabeza con la pistola.

—Esta arma es lo único que impide que me mates ahora mismo —confiesa, de repente.

Giro tan rápido que oigo cómo sisea mientras se la quito de las manos y procedo luego a desmontarla por completo, todo ello en menos de dos segundos. Arrojo las piezas a la cama con una sensación de derrota y de fracaso.

—No, no voy a matarte porque no te lo mereces —le digo mientras se tambalea hacia atrás—. Las pistolas no me asustan.

—Pero perder a Logan sí —dice bajito, y se le mueve la garganta al tragar saliva.

—Solo hay dos personas en esta vida a las que quiero. Uno es como un hermano. Y el otro es la primera persona de la que me enamoro. Así que, sí, perder a Logan me aterra.

—Los asesinos que actúan por venganza suelen sufrir un brote psicótico. Pierden de vista sus objetivos y su moral se ve distorsionada. La venganza se convierte en su única motivación, y cualquier cosa o persona que se interponga en su camino se convierte en un daño colateral en aras de la venganza.

—Dices que no eres perfiladora, pero me estás perfilando. Céntrate en tu verdadero trabajo porque no sabes nada de mí ni de lo que soy capaz.

Me doy la vuelta para marcharme y grita:

—¡Espera! Te estaba poniendo a prueba.

Confundida, me giro mientras ella se pone de pie, con el cuerpo un poco tembloroso.

—¿Te importa si vuelvo a montar la pistola? Obviamente, eres lo suficientemente rápida como para desarmarme, pero aun así me siento mejor teniéndola después de lo que te vi hacerle a Plemmons.

—Usa la que tienes debajo de la almohada y ya está —le digo, y veo que palidece.

—¿Cómo lo…?

—Has pasado por muchas cosas esta última semana. Tendría sentido que durmieras con una debajo de la almohada si lo necesitas para sentirte a salvo en estos momentos. No contarías solo con tu arma reglamentaria. Yo necesito al menos dos armas cuando me siento muy vulnerable.

Suspira con fuerza antes de sacar la pistola de debajo de la almohada, y yo me siento de nuevo frente a ella, manteniéndome justo a la distancia que necesito para desarmarla de nuevo si fuera preciso.

Esta vez no me encañona.

—Empieza por el principio. Explícame qué te ha llevado a convertirte en esto —dice, señalándome con la mano.

—Ellos me convirtieron en esto —murmuro—. Me despojaron de mi alma y me dejaron sin empatía alguna hacia los monstruos que habitan este mundo. No soy una psicópata. Distingo la verdad de la mentira. La realidad del delirio. De hecho, no existe ningún delirio.

—No hemos descubierto nada en ese pueblo que justifique este nivel de violencia.

Me inclino hacia delante, pero esta vez no reacciona.

—Investiga más a fondo.

—Cuéntamelo. No pienso tomar una decisión hasta que me digas qué fue lo que te convirtió en una asesina tan fría que ni siquiera pestañeaste al matar a Plemmons. Querías torturarlo.

—Igual que él torturó a esas mujeres. ¿No crees que la muerte era poca cosa?

Me mira fijamente con los ojos de un alma intacta, pese a que conozco las cicatrices que arrastra.

—Está bien. Quieres la historia, pues te la cuento. Pero no puedes contársela a tu equipo. Tienen que averiguarla por sí mismos —respondo.

—¿Por qué? —pregunta—. ¿Por qué no quieres que lo sepan?

—Porque quiero que sea el pueblo el que confiese los pecados que ha estado encubriendo —digo, con rencor.

—Demuéstrame que no vas a hacerle daño a gente inocente y aceptaré ese trato. Cuéntame la historia.

—Podría haberte matado en varias ocasiones, Hadley. Desde el día en el que viniste a mi casa y me acusaste de robarle la identidad a Kennedy.

—¿Por qué lo hiciste?

—Para sobrevivir —digo en voz baja.

Aprieta los labios, pero me hace un gesto con la mano, lo que significa que quiere que siga. Necesita saber que no estoy sufriendo un brote psicótico. Necesita saber que, a pesar de la brutalidad con la que asesino, conservo el control de mi mente.

Así que se lo cuento. Empiezo por el principio: por mi padre. Le cuento cómo murió. Le cuento cómo funciona la justicia en los pueblos pequeños. Le cuento cada detalle enfermizo, retorcido y demencial hasta que palidece y agarra el cubo de basura para vomitar cuando pierde el control de su estómago.

El vómito no me molesta, así que continúo mientras le dan arcadas. Le hablo de Marcus, de lo guapo que era y de cómo se lo arrebataron todo. De cómo lo destrozaron en las últimas horas de su vida.

De que estaba tan desesperado por salvarme la vida que sacrificó la suya conduciendo lejos de Delaney Grove mientras no dejaba de presionarse la herida.

Le hablo de Jake, y de que su padre era el abogado y el mejor amigo del mío. Demostramos una y otra vez que mi padre no podía ser el asesino en serie, como lo acusaban. Le cuento cómo echaron a Christopher Denver de la ciudad por intentar salvar la vida de un hombre inocente.

Le cuento que Jake se marchó antes de que el pueblo pudiera volverse contra él, para que pudiera seguir siendo inocente por mi bien. Para que se hiciera justicia, no solo por una cuestión de venganza.

Le hablo de Lindy, y de lo que le hizo Kyle. De que incluso su marido creyó a un violador antes que a su propia mujer, muerta de miedo.

Le hablo de Diana, de que amenazaron a su hijo para que mantuviera la boca cerrada. Le cuento cada oscuro secreto que ese pueblo ha tapado. Y por fin todos los trapos sucios salen a la luz.

Y, aunque me siento liberada ahora que otra persona sabe la verdad, da la impresión de que Hadley nunca se va a recuperar.

Al menos le ahorro un detalle.

El nombre de la persona que morirá de la forma más dolorosa.

El hombre que inició la reacción en cadena en aquel momento.

Nos quedamos sentadas en silencio durante varios largos minutos y miro el teléfono, consciente de la paciencia que está mostrando Logan a pesar de tener prisa. No he recibido ningún mensaje.

—¿Cómo sobreviviste? —pregunta con un susurro ronco y con los ojos llenos de lágrimas cuando la miro. A mí no me quedan lágrimas para esto. Ya las he llorado todas.

—Es un misterio —digo con sinceridad—. Pero mi madre siempre creyó en los ángeles vengadores. Las últimas palabras de Marcus fueron que volveríamos como ángeles vengadores y que se lo haríamos pagar. Que lo haríamos juntos. Pero él no volvió.

La voz se me quiebra al final, pero me esfuerzo por contener las emociones.

—Jake ocupó su lugar. Quería a mi hermano como a algo más que un amigo, pero siempre le preocupó demasiado lo que diría la gente del pueblo o lo que les harían si salían del armario como pareja. Es de lo que más se arrepiente.

Ella se seca más lágrimas y se pasa una mano por el pelo.

—No se lo diré al equipo —dice al fin—. A menos que alguien inocente se vea involucrado, te debo mi silencio. Salvaste la vida de muchísimos niños al acabar con un monstruo al que yo dejé libre. Salvaste a mujeres de todas partes, posiblemente incluso a Logan, y me salvaste a mí de Plemmons. Mientras no sufras ese brote psicótico, mantendré la boca cerrada.

No me lo esperaba. Siento como si me quitaran una losa del pecho.

—Me he entrenado para combatir el brote psicótico. Me convirtieron en un cascarón vacío. Ahora lo uso contra ellos. ¿Pero mi mente? Mi mente está intacta, aunque mi alma no lo esté.

—¿Cómo? —pregunta ella, confundida—. ¿Cómo entrenas para eso?

—Practico todas las artes marciales que puedo. Desde *jiu-jitsu* brasileño hasta karate americano, pasando por grima colombiana, taekwondo, *bokator, krav magá…* Ya te haces una idea. He conseguido varios cinturones negros en diversas artes marciales. Por no hablar del entrenamiento con armas en el que me he especializado, como el lanzamiento de cuchillos. Con cada nueva forma de lucha o entrenamiento aprendes a disciplinar tu mente. Aprendes a controlarte. Me ha hecho más fuerte mental, física y emocionalmente.

Se seca otra lágrima y luego respira hondo.

—Entonces esperemos que te mantenga lo suficientemente cuerda como para evitar hacer daño a alguien que no lo merezca. No sé si podré soportar más culpa.

Empiezo a marcharme, pero me doy la vuelta para mirarla a la cara.

—Intentaste decírselo cuando eras una niña. Esa gente te falló. Son *ellos* los que fallaron a esos críos, y manipularon tu mente tierna e influenciable para hacerte creer que todo era producto de tu imaginación. Todo lo que ha ocurrido desde entonces no es tu culpa. Es suya. Puede que no merezcan morir por sus errores, de la misma forma que él merecía algo peor que la muerte, pero merecen cargar con esa culpa. Llama a tu madre. Deposita en ella la carga que debe soportar. Llama a esa terapeuta, dale todos los desagradables detalles de sus pecados. Llama a la comisaría de policía que ignoró el llanto de sufrimiento de una niña. Solo ellos merecen el peso de ese error. No tú.

Ella contiene el aliento cuando me doy la vuelta para irme.

—¿Cómo conseguiste sacar a semejante hijo de puta del sótano y subir esa cuesta tan empinada?

La pregunta es tan aleatoria que me hace sonreír.

—Soy más fuerte de lo que parece —le digo, mirando por encima del hombro—. Pero fue difícil que te cagas.

Su débil sonrisa ante el humor morboso es casi como un tratado de paz. No vamos a ser amigas íntimas ni nada por el estilo, pero nos entendemos.

—Dile a Logan que estaré allí en cinco minutos —añade mientras me marcho.

En cuanto salgo por la puerta, le escribo un mensaje a Jake:

YO: Te llamo en veinte minutos. Hay que ajustar los plazos. Tengo que ponerme al día.

Capítulo 6
LOGAN

> Para hacer un gran bien,
> haz un pequeño mal.
> —William Shakespeare

Apenas soportamos estar en el sótano porque el aire está cargado del olor de dos cuerpos en descomposición.

—Se está volviendo más temerario al matarlos de dos en dos —apunta Elise, con náuseas incluso respirando el aire limpio del piso de arriba—. El nivel de tortura aumenta al obligarlos a mirarse el uno al otro.

Los cadáveres ya no están, ya que los descolgaron de las cadenas en cuanto llegamos y vimos la escena. Pero el lugar sigue siendo tóxico. Hadley está con el forense, posiblemente cargando con un cubo de basura para vomitar.

El hedor es insoportable.

—A los demás los dejó en sus casas para que no tardaran en encontrarlos. ¿A qué viene este cambio? Es arriesgado secuestrar a uno de ellos y trasladarlo desde Nueva York hasta Virginia Occidental —dice Leonard, luchando contra sus propias ganas de vomitar.

Es difícil examinar la escena del sótano teniendo en cuenta que habría que ventilar durante varios días para que sea tolerable.

—Está acercándose a su objetivo final, pero es obvio que estos dos lo han cabreado mucho. Sin embargo, todavía no hay señales de ira —digo, distraídamente.

La pantalla de mi móvil se ilumina con el nombre de Hadley y contesto activando el altavoz.

—¿Qué has conseguido? —le pregunto.

—Bueno, les cosieron la boca, como sabéis, pero, cuando las abrimos, encontramos los penes que faltaban.

A Leonard le da una arcada y se gira, y a mí también se me revuelve el estómago.

—Desde luego… ha ido en escalada —dice Elise, con la pierna escayolada y el brazo en cabestrillo, mientras forcejea con las muletas, ya que sigue negándose a usar una silla de ruedas.

—Y eso no es lo peor —continúa Hadley—: He tomado muestras de sangre de las bocas y… Tyler era 0 positivo; Lawrence, AB positivo.

Encontré sangre 0 positivo en la boca de Lawrence y sangre AB positivo en la de Tyler.

—Espera un momento, ¿me estás diciendo que ha cosido el rabo de Tyler en la boca de Lawrence y viceversa? —pregunta Donny, que adquiere un tono preocupantemente pálido.

—Sí, eso es justo lo que estoy diciendo.

—No sé si está evolucionando o involucionando —se queja Elise.

—Lo que está claro es que su progresiva obcecación con la tortura demuestra que está sufriendo un brote psicótico —dice Leonard con una expresión de disgusto.

—No —respondo, pensativo—. Estos dos han hecho algo hace poco que ha cabreado a nuestro sujeto. No hemos podido encontrar imágenes del individuo, pero la tarjeta de crédito de Tyler demuestra que hizo un viaje a Nueva York hace no mucho. Tal vez quedaron para hablar de las muertes de los otros, aunque no hayan trascendido a los medios de comunicación. Si el sujeto los siguió, tal vez escuchó su conversación, lo que podría haber desembocado en este doble asesinato con dosis extra de tortura.

—Seguimos hablando de un brote psicótico —discute Donny.

—No, no es eso. Aún no se ha descubierto nada que denote rabia en el exceso de violencia. La tortura es un castigo. Su objetivo es prolongar la muerte. Este desconocido se está vengando de aquellos que le hicieron daño y los está castigando en concordancia con ello, o al menos eso cree él. Si se pasaron de la raya, los castigará con más severidad que a los demás.

Me detengo para que lo asimilen mientras me pierdo en mis propios pensamientos.

—Necesitamos más información de ese asesino en serie… Robert Evans —le digo a Donny.

Hadley emite un sonido ahogado, lo que me recuerda que sigue al teléfono.

—¿Estás bien, Had?

—Sí. Claro. Genial —dice a toda prisa.

—A ver qué más se puede sacar de los cadáveres. Envíame el informe final por correo, pero llámame enseguida si encuentras algo más interesante.

—Así será.

Cuelga y Donny frunce el ceño.

—Está muy rara.

—Su padrastro abusó de ella cuando era una niña, la convencieron de que se lo había inventado todo y otros críos murieron después de que ella huyera. Si a eso le sumamos el hecho de que casi fue víctima de Plemmons, tiene todo el derecho a estar rara —le recuerdo.

—¿Cómo lo está llevando Lana? —me pregunta Craig cuando empiezo a escribir un mensaje.

—Mucho mejor de lo esperado. Es bastante más fuerte de lo que pensaba.

—Me alegro. Estaba muy preocupado. Recuerdo la primera vez que tuve que dispararle a alguien. Fue lo que hizo que me inclinara por este campo, que requiere un menor uso de la violencia.

Asiento en señal de comprensión. Las dos primeras veces fueron muy duras para mí, aunque conseguí salvar a mucha gente al acabar con esos dos monstruos. Pero eso no alivió las pesadillas. Por suerte, esos recuerdos no parecen atormentar los sueños de Lana. Es increíblemente fuerte.

Y eso me hace quererla aún más.

—Organiza un viaje a Delaney Grove. Alguien recordará a este individuo si mostramos un retrato de los hermanos Evans, los que fueron asesinados.

—En los informes policiales jamás se mencionó nada de eso —murmura Craig—. La gente de ese pueblo actúa como si la familia Evans nunca hubiera existido. El forense que redactó ese ridículo informe sobre Robert Evans está muerto o finge estarlo. No ha devuelto las llamadas.

—Más razón aún para hacerle una visita en persona.

Él asiente con la cabeza.

—Y manda el perfil a los medios de comunicación. Menciona que hubo algo traumático que pudo haberles sucedido a los hermanos Evans y que no sentó bien a un amigo cercano o a algún familiar.

—No les quedaba familia. Solo se tenían los tres. Y sus únicos amigos eran el abogado del padre y su hijo —señala Donny.

—Les haremos una visita, pero sigue buscando. Lindy May era amiga suya. Estoy seguro de que había otros a los que no conocemos.

Asiente y yo me dirijo hacia mi coche mientras le envío un mensaje a Lana sobre la marcha.

YO: Puede que llegue tarde esta noche.

LANA: A lo mejor hoy tengo que viajar por trabajo. Lo he estado posponiendo y dejando todo en manos de mi compañero. El Hombre del Saco ya no está, por lo que el peligro ha desaparecido con él.

YO: ¿Y qué pasa con los reporteros?

LANA: No saben lo del hotel, y el negocio está en Kentucky. Conduciré hasta allí en un coche de alquiler por si acaso.

YO: Entonces te echaré de menos. :(

LANA: Volveré mañana a primera hora. <3

Guardo el teléfono, detestando lo posesivo que me siento. Quiero mantenerla encerrada y bajo control cada vez que tengo oportunidad. Es egoísta. Es ridículo. Y también es un poco ilegal.

—Acabamos de encontrar otro cuerpo de nuestro asesino nocturno —dice Donny, resollando—. Yo creo que estos tíos se ponen de acuerdo para matar al mismo tiempo solo para dejarnos pelados de recursos.

Me entrega el iPad con las fotos y algo me llama la atención. No es la imagen, sino las notas: restos de pelaje de tigre siberiano.

—Llama a la policía local y diles que arresten al hermano de la primera víctima. Redacté un perfil que coincidía con él, pero lo descartaron.

Ahora tengo claro que es él. Es taxidermista de animales exóticos.

—La virgen santa —sisea Donny, y coge su móvil mientras yo corro hacia mi SUV.

Me encanta que me lo pongan fácil, y encima ahora estoy un paso más cerca de atrapar al asesino de Delaney Groove.

Hadley me devuelve la llamada justo cuando llego al vehículo y contesto, con el móvil sujeto entre el hombro y la mejilla mientras arranco el coche y espero a que Donny se suba al asiento del copiloto.

—¿Has averiguado algo?

—Más o menos. El forense encontró un clavo en el estómago de Lawrence. No tengo claro el porqué, pero pensé que era importante mencionarlo —dice.

—Sí, aunque yo tampoco entiendo qué significa. Acabamos de averiguar quién es el asesino nocturno y vamos de camino a Pensilvania.

—¿Recuerdas que dijiste que conociste a Lana en una cafetería a la que no sueles ir? —pregunta de repente.

Extraña forma de cambiar de tema.

—Sí. ¿Por qué?

—Cuéntame otra vez cómo ocurrió.

Resoplo con aire burlón.

—De acuerdo… Craig fue a tirarle los tejos y ella lo rechazó. La invité a la comida y al café sin que ella lo supiera y luego le di mi tarjeta cuando se acercó toda enfadada por tener un detalle bonito solo porque me hizo gracia. No buscaba nada más, pero aun así le dije que me llamara porque, después de pasar esos cinco minutos con ella, quería saber más. Cuando por fin me llamó, era… todo lo que no sabía que quería.

—Así que fuiste tú el que se acercó a ella y, en cierto modo, la perseguiste.

—Fue todo cosa mía —confieso, sin saber adónde quiere ir a parar.

—Y sobre el caso… Le diste detalles del Hombre del Saco. ¿Siempre compartes detalles de los casos?

—La primera vez fue sin querer, pero ella nos ayudó a identificarlo. Después la mantuve informada porque era uno de los objetivos, igual que haríamos con cualquier otra persona. No quiere que le cuente detalles de los casos porque no le gusta que incumpla las normas por ella. Respeta mi trabajo y no quiere que me busque problemas.

—¿Así que nunca pregunta por los detalles de otros casos? —insiste, y sigue arrastrándome por un camino confuso.

—No. ¿De qué va todo esto?

—No es nada —dice, y suspira con pesar—. Ya sabes que sospecho de todas las chicas con las que sales y de sus intenciones. Lisa te usó para conseguir un ascenso. Sigue sin caerme bien.

Es imposible no reírse de eso.

—Mira, Lana es genial, Hadley. Es comprensiva, empática, atenta y se preocupa de verdad. Es mucho más de lo que jamás pensé que podría conseguir dedicándome a esto. También es tremendamente independiente e inteligente. Pero si me estuviera utilizando, me daría cuenta. No le interesa en absoluto el FBI como carrera profesional, aunque creo que sería una perfiladora excelente.

—Cierto. Tienes razón. Lo siento. Tengo que repasar algunas cosas del laboratorio. ¿Hablamos más tarde?

—Venga. Avísame si averiguas algo más que se salga de lo normal, como clavos en el interior del estómago.

—¿Clavos en el estómago? —pregunta Donny, a mi lado.

—Lawrence Martin tenía uno. ¿Por qué? —le pregunto.

Él sacude la cabeza.

—Es solo que me suena de algo, aunque no recuerdo de qué.

A Donny, al igual que a mí, lo reclutaron nada más salir de la universidad. Solo lleva en nuestra unidad seis años, pero once en total dentro del FBI.

—Luego hablamos —le digo a Hadley.

—Chaíto.

Pongo los ojos en blanco y cuelgo. Al menos está recuperando su esencia. Entrometida y excéntrica.

Donny parece absorto en sus pensamientos y no deja de dibujar un clavo una y otra vez, lo que me desconcierta. Aunque es algo que suele hacer cuando intenta recordar algo.

—¿Crees que ha matado antes? —le pregunto.

—No —responde de inmediato—. Aunque creo que no es la primera vez que lo escucho. Lo de los clavos en el estómago. La verdad es que es una técnica de tortura brutal. Te desgarra por dentro mientras te los tragas y luego te perfora las paredes del estómago. Por no mencionar lo que ocurre si consigues expulsarlos. ¿Pero solo un clavo? Tiene que significar algo.

—Lawrence era el hijo de un policía de Delaney Grove. Pero se fue de allí precisamente hace alrededor de diez años. Varios de ellos hicieron lo mismo. Siguieron adelante y alcanzaron el éxito. No tenían antecedentes violentos y, por lo que se ve, vivían con la conciencia tranquila. Jamás cayeron en una espiral auto-destructiva alentada por la culpa.

—Entonces, ¿crees que está yendo a por ellos, pero que no tuvieron nada que ver en lo que ocurrió esa noche? —reflexiona.

—No lo sé. Solo estoy elaborando un perfil. Es a lo que me dedico.

Baja la mirada y continúa dibujando el clavo, repasando la línea una y otra vez.

Lo descubriremos y lo detendremos. Es nuestro trabajo.

Al final, el bien triunfa sobre el mal, porque el diablo actúa en solitario.

Capítulo 7
LANA

> El diablo puede citar las Escrituras
> para sus propios designios.
> —William Shakespeare

En una semana he tachado dos nombres de la lista. Ya falta menos. Tengo a Jake sudando la gota gorda.

He acelerado mi agenda y he empezado a esconder los cadáveres. He cambiado el *modus operandi*. También he comenzado a añadir clavos, algo que no tenía previsto hacer hasta más adelante.

Desde que Craig publicó el perfil de la Muerte Escarlata, los medios de comunicación ya no se interesan por mí. Sí, fueron ellos los que me pusieron ese nombre. De alguna manera, Jake se salió con la suya.

Es irónico que la prensa perdiese el interés en mi parte heroica a favor de la más oscura.

Esto demuestra lo perverso y espantoso que puede llegar a ser este mundo.

—No me gusta lo rápido que estás pasando de un nombre a otro —farfulla Jake mientras tacho el de la última víctima.

—Dos en una semana tampoco es ir tan rápido. Quería alargarlo, pero estoy harta de esto. Tengo ganas de que se acabe.

—¿Por Logan? —pregunta, mirándome fijamente desde su asiento.

—Sí y no. Me he cansado de estar anclada al pasado, incapaz de seguir adelante. ¿Tú no?

Se inclina hacia delante, apoyando los codos en los reposabrazos de la silla.

—Dime una cosa, Lana: ¿qué crees que pasará cuando todo esto termine? Si es que sobrevivimos. ¿Crees que no lo averiguará? ¿Que el agente y la asesina cabalgarán juntos hacia el atardecer? Quiero saber lo que piensas de verdad. Por mí bien si quieres dejarlo como está y seguir adelante lo mejor que podamos. Creo que esa es la única forma que tienes de que se quede contigo, siempre que sea ese tu verdadero objetivo.

Me tiembla el labio y carraspeo.

—Parar ahora sería un error. Tanto Marcus como mi padre… siguen muertos, marcados por la forma en que los asesinaron.

Él se reclina, con la mirada fija en mí.

—A veces creo que siento a Marcus. Creo que ahora mismo está aquí con nosotros, protegiéndonos para que no nos descubran. Otras veces caigo en la cuenta de que es ridículo y que en algún momento se nos acabará la suerte.

—¿Tú quieres parar? —digo en voz baja, mientras me siento en el borde de su escritorio.

—¿Si te digo la verdad? No. Quiero matarlos a todos por lo que hicieron. Quiero que sufran. Pero no me parece justo esperar lo mismo de ti ahora que parece que por fin estás remontando. Y eso es gracias a Logan. Él te ha devuelto algo que habías perdido.

—¿El qué? —le pregunto antes de que se dirija al otro lado de la habitación y coja una bebida de la minnevera.

—Tu corazón —responde, con los ojos cargados de tristeza.

—Podrías pasar página —le digo, encogiéndome de hombros—. Es lo que Marcus querría.

—De momento me quedo con mis tórridas aventuras sin compromiso —responde con una sonrisa forzada.

—Cada vez que creo que puedo alejarme…, justo cierro los ojos y vuelvo a verlo todo de nuevo —le digo, con un suspiro largo y profundo—. A veces pienso que en realidad sí morí, y que soy el ángel vengador que mi hermano dijo que seríamos juntos.

Siento como si solo tuviera un propósito en la vida.

—A lo mejor es verdad —concuerda—. Pero tal vez tengas derecho a dejar a un lado la justicia a favor de la esperanza.

—Entonces, ¿por qué tengo pesadillas cada vez que pienso en parar?

Él tensa los labios.

—Exacto —le digo, moviéndome por toda la habitación—. Si sobreviví para enmendar los males de aquella época, entonces no descansaré hasta que estén todos muertos. Hay más gente en ese pueblo que está sufriendo. Y lo sabes. Gente como Lindy, que se rebela contra la «justicia» que se imparte allí. Mujeres como Diana, quien ha pasado los últimos diez años preocupada por que un día su hijo amanezca muerto o esté desaparecido. Personas como mi padre, a quien asesinaron por delitos que no cometió.

Él asiente débilmente, sabiendo que tengo razón.

—Tú eliges, Lana. Solo digo que estoy contigo decidas lo que decidas.

Lágrimas. Odio las lágrimas. Pero no dejan de empañar mis ojos al menor descuido.

Me siento en su regazo y tira de mí para abrazarme.

—Sabes que eres mi segundo hermano favorito, ¿verdad? —le pregunto, una broma que llevo haciéndole desde que éramos críos.

Él se ríe contra mi mejilla.

—Ya. Lo sé. Igual que tú eres mi hermana favorita, pero en este caso porque no tengo ninguna más.

Mientras ambos nos reímos de ese pedacito del pasado al que nos aferramos, mi mente repasa los acontecimientos de los últimos días. Las últimas incorporaciones a mi lista de víctimas.

—*Grita para mí* —*le digo a Anthony, sonriendo mientras se desangra y sus gritos de dolor son música para mis oídos. Pero es una melodía desafinada; no suena igual que de costumbre.*

Normalmente me sienta mucho mejor.

—*¡Serás hija de la gran puta! Sabía que eras mala. Igual que tu padre.*

—*No, yo era dulce* —*le digo totalmente en serio, mientras deslizo lentamente la navaja sobre su pecho y voy trazando un corte poco profundo. Él solo me* dedica una mueca de dolor—. Era ingenua. No es que fuera virgen, pero tampoco la puta que me tildasteis de ser. Mi cuerpo era mi templo y todo eso, hasta que me inmovilizasteis, me violasteis por turnos y me disteis por muerta. Matasteis a Marcus. Y él sacrificó su vida para que yo pudiera volver y acabar con vosotros uno por uno.

Chilla cuando le clavo el cuchillo y yo me burlo de él repitiendo las palabras que usó una vez contra mí:

—Grita para mí, Anthony. Grita más alto. Nadie puede escucharte. A nadie le importa.

Y eso hace. Grita en la inmensa nada de este sótano que está bien hundido bajo tierra. De verdad que a veces lo ponen demasiado fácil.

Pero no voy a dejarlo aquí. Ni siquiera sabrán que alguna vez estuve en este sitio.

—Arderás en el infierno. Lo que nosotros hicimos fue intentar destruir el mal de este mundo. El mal es difícil de erradicar —espeta.

—¿En serio vas a justificar lo que hicisteis como un acto de justicia? ¿Afirmas ser justo incluso después de haber cometido actos de violencia y pecado?

Él sonríe, con la boca llena de sangre.

—No puedes pecar contra el diablo. Eres descendiente directa de él, igual que tu padre. Te detendrán. El bien siempre triunfa sobre el mal. Me vengarán.

Me tiemblan los labios al ver lo engañado que está.

—El bien triunfa sobre el mal —digo en voz baja, observando cómo se le van entrecerrando los ojos. *Odia que me considere un ángel vengador, y yo lo aprovecho*—. Este es tu castigo. La victoria del bien.

—Tú y el maricón de tu hermano ya ibais a ir al infierno de todas formas. Nosotros solo aceleramos el proceso.

—Si lo que dices es cierto, ¿por qué no se ha materializado ninguna intervención divina para salvarte? —le pregunto mientras me pongo de pie despacio—. Yo resurgí de las cenizas, sobreviví contra todo pronóstico. Sin embargo, el que está aquí pagando por los crímenes del pasado eres tú. No yo.

Abre la boca, pero la cierra.

—¿Ves? —*Sonrío con aire pensativo*—. Incluso el diablo puede citar las Escrituras para sus propios designios. William Shakespeare, por si te lo estás preguntando. Pero yo no soy el diablo, Anthony. Soy el ángel que ha venido a llevaros a todos al infierno.

Por fin grita más fuerte que nunca cuando lo despojo del último vestigio de poder que le quedaba, cortándosela de raíz y apartándola de una patada como si fuera basura.

—*Nunca volverás a hacerle daño a nadie* —*susurro con voz sombría, empapándome de los sonidos de su dolor e ignorando el vacío que siento por primera vez en mi vida.*

No pararé.

No puedo.

Ahora tengo que volver a Kentucky.

—*Le diré al siguiente que le mandas recuerdos* —*continúo, hablando por encima de sus sollozos*—. *Le toca a tu mejor amigo.*

Alguien llama a la puerta de Jake, lo que me arranca de cuajo del recuerdo.

—Mierda —sisea, mientras mira la pantalla que tenemos al lado.

Me levanto de su regazo, con el corazón latiéndome con violencia dentro del pecho, cuando veo a Logan llamando a la puerta de nuevo. Esto no me puede estar pasando.

—Señor Denver —dice Logan, mirando a la cámara que Jake nunca se molestó en esconder del porche delantero—. Si está ahí dentro, nos gustaría hablar con usted.

Donny está a su lado, muy del rollo *Men in Black* con las gafas puestas. Logan saca la cartera y enseña la placa a la cámara.

—Sabíamos que esto pasaría —dice Jake mientras yo tiemblo de pavor.

Solo un hombre tiene el poder de destruirme, y está a punto de relacionarme con todo si me encuentra aquí.

—Soy el agente especial Logan Bennett —continúa Logan, y por primera vez su voz no tiene un efecto calmante en mí. Ni de lejos. Ahora mismo estoy en pleno ataque de pánico.

—Cálmate —dice Jake, en tono burlón. Lo encuentra divertido, joder. Y esto no tiene ninguna gracia—. Tú quédate aquí dentro y cierra la puerta con llave. No vendrán con una orden judicial. Y de nada servirá que me interroguen. Nos hemos preparado para esto. Recuérdalo.

Asiento y trago saliva con fuerza, intentando recuperar la lógica y calmarme de una vez. Siempre procuramos que nadie me vea cuando vengo a casa de Jake. Utilizo un coche de alquiler, aparco en la ciudad y él me recoge en un lugar donde no hay cámaras. Vuelvo en su furgoneta, a la que yo llamo «la furgo del secuestrador», y él aparca en el garaje. Nadie me ve nunca.

No sabrán que estoy aquí.

Así que ¿por qué estoy atacada?

Con toda la calma del mundo, Jake esconde varios objetos que usamos para la lista negra bajo el panel falso del suelo y luego vuelve a colocar la lámpara encima para ocultarlos. Pulsa un botón y cinco de los monitores de las paredes se retraen en ellas mientras el panel falso desciende hasta que quedan ocultos.

—No te muevas de aquí —repite, y sale rápidamente de la habitación.

Entonces me apresuro y cierro la puerta con llave antes de ponerme a escuchar a través de las paredes como una auténtica cotilla. Solo me falta pegarme un vaso a la oreja.

No. No parezco culpable en absoluto.

Capítulo 8
LOGAN

El intento y no el acto
es nuestra perdición.
—WILLIAM SHAKESPEARE

—¿Y si no está en casa? —pregunta Donny mientras yo vuelvo a llamar a la puerta.

Recorro con la mirada el camino de entrada vacío, donde hay un garaje cerrado. Puede que tenga el coche ahí dentro.

—Según su vecina, apenas sale y nunca recibe visitas. Dice que se marchó esta mañana, pero que volvió y desde entonces no ha salido.

Antes de que pueda llamar de nuevo, la puerta se abre y yo bajo la mirada para encontrarme con algo que no me esperaba.

Jacob Denver está en silla de ruedas.

—Lo siento —nos dice, con mirada confundida—. A veces tardo un poco en subirme a la silla. ¿En qué puedo ayudarles?

Todas las persianas están bajadas, pero alguien debería haber avisado de que estaba en silla de ruedas. Odio las sorpresas, y eso que casi nunca tengo que lidiar con ellas.

Las cejas de Donny le llegan hasta el nacimiento del pelo, tan sorprendido como yo por este giro de los acontecimientos.

—Um… ¿Le importa si le hacemos algunas preguntas? —consigo decir al fin.

Ahora el interrogatorio toma un rumbo totalmente distinto.

—Claro. ¿Quieren pasar? Está todo hecho un desastre, pero es que ahora me cuesta mucho más limpiar.

Mierda.

Mierda.

Mierda.

—Gracias —digo, y paso por su lado cuando aparta la silla.

Mi mente de perfilador se pone en marcha mientras Donny escribe algo en su móvil. Echo un vistazo a la cocina, que está a la derecha. Todas las encimeras son más bajas de lo habitual para que resulten accesibles. No me extrañó la rampa junto al porche, pero ahora me doy cuenta de que debería haberlo hecho. Los suelos son lisos y sin desniveles, ni siquiera hay placas de umbral en las entradas a las habitaciones.

Los armarios superiores de la cocina no tienen puertas, pero solo contienen objetos decorativos. Nada que sirva para cocinar.

Recorro con la mirada el salón y veo el sillón en un rincón, un poco inclinado, con el mando a distancia colgando, como si hubiera necesitado ayuda para levantarse y sentarse en la silla de ruedas.

—Es hacer trampas —dice, llamando mi atención antes de señalar el sillón reclinable que justo estaba mirando—. Pero me facilita mucho la vida.

Está en forma y algo musculado, pero no puedo verle bien las piernas porque lleva unos pantalones de chándal. Y aunque me siento muy mal al hacerlo, me arrodillo discretamente, fingiendo ajustarme el zapato, para echar un vistazo a la suela de sus zapatos y comprobar que están perfectamente limpias. Nunca han tocado el suelo.

Maldita sea. Es discapacitado de verdad.

Me levanto y él rueda hasta el salón.

—¿De qué coño va todo esto? —siseo a Donny.

—Ni puta idea. Acabo de escribir a Alan para averiguarlo.

Nos separamos cuando Jake se gira hacia nosotros y se queda mirándonos como si fuéramos idiotas. Al parecer, lo somos. Ya nos puede explicar alguien por qué no sabíamos esto antes de presentarnos aquí.

—¿Le importa que le pregunte qué le pasó? —digo, intrigado por saber si esto tiene alguna relación con el misterio que rodea a Delaney Grove.

Él se encoge de hombros.

—Tuve un accidente de moto hace unos años. Me dejó sin movilidad de cintura para abajo. Me costó acostumbrarme, pero me las he apañado para seguir con mi vida.

Desde luego, no es nuestro sujeto desconocido. Y su padre tenía juicios cuando se produjeron varios de los asesinatos, lo que le proporcionaba una coartada. Eran nuestra única esperanza, y parecía muy fácil. Demasiado fácil, por lo visto.

Es absolutamente imposible que un tío en silla de ruedas consiguiera vencer a esos tipos y hacerles todas esas cosas.

—¿Y qué hace el FBI llamando a mi puerta y preguntándome por mi viejo accidente? —espeta, con aspecto genuinamente confundido.

—¿Ve usted las noticias? —le pregunta Donny mientras se guarda el móvil.

—No mucho —nos dice Jacob, encogiéndose de hombros—. Es bastante deprimente, y ya he sufrido más de lo que me gustaría recordar.

Entrelaza las manos sobre el regazo. No ha movido ni una sola vez ninguna de las piernas.

Cuando alguien finge algo como una parálisis, es habitual que se ponga nervioso y se acabe delatando. No se ha rascado las piernas ni nada por el estilo.

Sé que Donny está buscando las mismas señales que yo.

Está demasiado tranquilo, y se muestra indiferente ante nuestra visita.

—Entonces, ¿han venido hasta aquí para preguntarme si veo las noticias? —pregunta Jacob mirándonos a ambos.

Parece que la incomodidad de la situación en la que nos encontramos le divierte.

—No —balbucea Donny.

—En realidad, me preguntaba si podría arrojar algo de luz sobre el caso de la familia Evans.

Su mirada se vuelve fría y aparta la vista.

—Pueden marcharse por donde han venido.

Miro a Donny y él me mira a mí. Nos observamos fijamente, ambos confundidos.

—Señor Denver, usted era su amigo, y creemos que un asesino en serie está intentando vengar sus muertes. Aunque los informes indican que murieron en un accidente de tráfico.

Él vuelve a mirarnos.

—¿Acaso los accidentes de tráfico suelen provocar castraciones? —pregunta, con incredulidad—. ¿Acaso dejan a unos chicos tan destrozados que conducen varios pueblos más allá para recibir atención médica?

—Entonces, ¿sabe algo? —pregunto, acercándome.

—Lo que sé es que, si hay alguien ahí fuera tratando de vengar sus muertes, me gustaría darle una palmadita en la espalda. Marcus era mi novio, aunque en aquella época no tuve las pelotas de admitirlo. Y Victoria era como mi hermana pequeña. Cuando murieron, yo tenía diecisiete años, igual que Marcus.

Aprieto los labios. Hay algo que no nos está contando.

—¿Puede darnos algún dato que nos ayude a averiguar cómo los asesinaron? —pregunta Donny.

—¿Ahora os interesa? Porque en su día, cuando acudí al tipo del FBI que perfiló erróneamente a Robert Evans como un asesino en serie y le conté que a mis amigos, las mejores personas de este puto mundo, los había matado gente del pueblo, me dijo que ese asunto no era de su competencia. Que dejara que los policías hicieran su trabajo y que, si se trataba de algo más que un accidente de tráfico, ya se encargarían ellos.

Su voz rezuma amargura, y está claro que no oculta su enfado al respecto. Lo que lo hace menos sospechoso. Aun así… mi instinto me dice que de alguna manera está involucrado.

—¿Quién fue? —pregunta Donny.

—Su apellido era Pollas, y de nombre, Gili. A veces se hacía llamar agente especial Johnson.

Donny se aguanta la risa, pero a mí no me hace gracia. Johnson era un perfilador pésimo, que manchó la reputación de la unidad hasta tal punto que le dieron un ascenso. Cómo me gusta la política. Era un incompetente, pero, como tenía mucha información, lo «ascendieron» a un puesto de mierda y le asignaron tareas de mierda para mantenerlo bajo control.

También es la persona a la que llamamos el Padrino del departamento porque fue él quien llevó el perfilado a lo que es hoy en día. Lo convirtió en algo real con resultados reales, sin importar lo imperfectos que fueran esos primeros resultados.

—¿Está diciendo que hizo caso omiso de dos críos muertos? —pregunta Donny, ya sin reírse, mientras asimila lo que acaba de escuchar.

—Lo que digo es que le importó una mierda. Y ahora estoy avanzando paso a paso (en sentido figurado, claro está) para superar ese pasado. Así que, a menos que tengan algo urgente que contarme, por favor, márchense. Tengo cosas que hacer.

Me suena el teléfono mientras Donny intenta sonsacarle más información, algo que nos ayude a averiguar lo que ocurrió de verdad.

Cuando compruebo que quien me llama es Alan, me levanto y camino un poco por el pasillo para contestar.

—¿De qué coño va esto? —digo entre dientes.

—Perdón. Perdón. Lo siento mucho. No sé cómo se me ha podido pasar, pero he recibido el mensaje de Donny y, sí, Jacob Denver padece parálisis de cintura para abajo. Ocurrió hace cuatro años, para ser exactos. Un conductor ebrio se lo llevó por delante y se dio a la fuga. Él iba en moto. Va en silla de ruedas desde entonces.

¿Por qué sigo teniendo la sensación de que algo no cuadra?

—Gracias. Que no se te vuelva a pasar algo tan gordo como esto. Pensábamos que habíamos dado con el sujeto desconocido.

—Lo sé. Lo siento. Solo se menciona de pasada en su historial. No es que tenga acceso precisamente a los archivos del hospital, y desde luego no lo habría descubierto si no lo hubiera estado buscando.

—Está bien. De acuerdo. A ver si puedes encontrar a otros amigos del pasado que pudiera haber compartido con la familia Evans. Sin duda, hay algo que no cuadra en él. Ni se molestó en preguntar a quién habían asesinado.

Frente a la habitación en la que me encuentro, algo se cae al suelo y yo intento abrir la puerta, que tiene la llave echada, con curiosidad por saber por qué está cerrada.

—¿Puedo ayudarle en algo? —exige Jacob, que avanza hacia mí mientras yo forcejeo con el pomo.

—¿Por qué está cerrada con llave? —pregunto mientras me guardo el móvil.

—Pues... porque esta es mi casa y no me gusta que nadie entre en mi despacho. ¿De qué va?

Da la impresión de ser una persona muy reservada, pero ¿por qué cerrar la puerta con llave cuando vives solo a menos que estés ocultando algo?

—¿Le importa que echemos un vistazo? —le pregunta Donny, intentando que no parezca una orden.

Nos observa con mirada crítica antes de soltar un suspiro y poner los ojos en blanco.

—Está bien. Está bien. Pero después se marchan y me dejan en paz. No necesito que se entrometan en mi vida y desentierren recuerdos que prefiero olvidar.

Vuelve a la sala de estar, coge un juego de llaves, tomándose su tiempo, y regresa para abrir la puerta. Retrocede y yo la abro mientras miro a mi alrededor. Veo que la pantalla del ordenador está en blanco y me fijo en la ventana entreabierta, frente a la cual hay chinchetas esparcidas por el suelo.

—Maldita sea. Otra vez no —gruñe, al pasar junto a mí hacia el reguero de tachuelas—. Ya pueden marcharse. Tengo que limpiar esto.

Asiento con la cabeza para indicarle a Donny que nos vamos y lo dejamos con su tarea. En cuanto salimos y cerramos la puerta detrás de nosotros, echo un vistazo a la ventana entreabierta.

—Hay alguien con él ahí dentro —digo en voz baja cuando llegamos a la calle.

—A mí me parece que el viento ha movido la cortina y ha tirado al suelo las chinchetas.

—Cuando llegamos, esa ventana estaba cerrada, junto con las persianas. Tenía un armario. Había alguien dentro.

—¿Por qué no lo has abierto?

—Porque existe la posibilidad de que sea nuestro sujeto desconocido.

Finjo que nos estamos tomando nuestro tiempo para subir al coche mientras Jacob cierra la ventana y las persianas. Nos quedamos merodeando por la calle y llamo a Lisa.

—¿A qué distancia estás de la dirección de Jacob Denver?

—Elise y yo estamos a unos cinco minutos. ¿Por qué?

—Pasaos por aquí y apostaos fuera de la casa. En cuanto os veamos en posición, nos iremos. Si se marcha, quiero que me llames. Si se queda, quiero que lo vigiles. Hay alguien dentro, y puede que sea nuestro asesino. Extremad las precauciones.

—Joder. Recibido. Tened cuidado vosotros también.

Me dispongo a colgar cuando añade:

—Por cierto, gracias por las rosas. Eran preciosas.

Frunzo el ceño, confundido.

—Yo nunca te he enviado rosas.

—Me refiero a las del hospital. Las recibí, y he caído en que no te di las gracias por ellas.

—Lisa, no te he enviado ningunas rosas. En mi vida.

Ella se queda completamente callada.

—¿Entonces fue él? ¿Plemmons?

No tengo tiempo para hacerme preguntas sobre las motivaciones de un hombre muerto.

—Puede que sí. Llama a la floristería y averígualo.

—Sí. Vale. Veré si Hadley puede echarle un ojo —responde, ahora distante.

Cuando cuelgo, Donny está sonriendo.

—¿Qué?

—Nada —miente, y se le ensancha la sonrisa.

Lo fulmino con la mirada.

—Me pregunto qué le haría Lisa a Lana si la tuviera delante. Es la típica ex despechada: no le importa vuestra ruptura hasta que tú encuentras una nueva novia por la que pareces estar locamente enamorado. Lisa es una zorra. Mantenla alejada de Lana o le sacará los ojos.

—Lana ya ha tenido sus roces con ella, por si se te ha olvidado. Lisa no le hizo ni cosquillas. —Sueno cortante, pero es mi forma de tapar lo incómodo que me resulta este tema.

—Todos sabemos lo bruja que puede llegar a ser Lisa, y ahora mismo está sintiendo los típicos celos que sufren las ex cuando su anterior pareja por fin sigue adelante y parece realmente feliz. Tiene la lengua muy larga, y es posible que acabe buscando a Lana para intentar arruinar vuestra relación. Solo estoy elaborando un perfil. Es a lo que me dedico.

Joder.

—Las mantendré alejadas. A Lisa se le acabará pasando.

—Cuando encuentre a alguien que la haga feliz —afirma con una sonrisa burlona—. Solo tiene que esperar a reencarnarse varias veces.

Le hago una peineta mientras él se ríe y vuelvo la vista hacia la ventana cerrada. Lisa y Elise aparecen al final de la calle y aparcan en la acera.

Donny y yo nos subimos al SUV y nos vamos. Elise no tarda en escribirnos un mensaje para decirnos que Jacob está conduciendo en nuestra dirección en una furgoneta blanca. También nos envía la matrícula, para que nos aseguremos de seguir al coche correcto.

En cuanto la furgoneta blanca nos adelanta, arqueo una ceja. Parece el automóvil reglamentario de cualquier secuestrador que se precie.

El lado del conductor y el del copiloto tienen ventanillas, pero por lo demás parece un vehículo de trabajo. Según su expediente, se dedica a la tecnología, por lo que podría tratarse del medio de transporte que usa para desplazarse.

Donny y yo lo seguimos con discreción mientras Elise y Lisa vigilan la casa.

—A ver si puedes echar un vistazo dentro —digo cuando Donny pone a Lisa en altavoz.

—Estoy intentando conseguir una orden para entrar, pero el juez considera que con lo que tenemos no es suficiente.

—Echa un ojo y ya —digo vagamente, insinuando que se salte algunas normas. Estamos persiguiendo a un puto asesino en serie. A veces hay que romper las reglas.

—Entendido.

—Hazlo con disimulo —le dice Donny al móvil.

—No soy imbécil —suelta Lisa.

Cuelga el teléfono y yo mantengo una distancia prudencial con Jacob. Nos detenemos a un lado mientras él estaciona en una plaza de aparcamiento. Pasan unos minutos antes de que se abra la puerta lateral y lo vea bajar con la silla de ruedas sobre la plataforma motorizada.

—Eso explica la furgoneta. Está adaptada para personas con movilidad reducida —señala Donny.

Observo con el ceño fruncido cómo se sienta con una pelota de baloncesto en el regazo y luego lo vemos cerrar su furgoneta y comenzar a rodar por la acera.

Cuando llega a una cancha de baloncesto llena de críos, Donny resopla. La mayoría de los niños padecen algún tipo de discapacidad. Algunos tienen amputaciones, otros están en sillas de ruedas y el resto parece sufrir otros problemas físicos.

—Vamos a ir al infierno —gruñe Donny mientras los niños vitorean antes de que Jacob haga sonar un silbato y les lance la pelota.

Empiezan a jugar al baloncesto, y se une a ellos, compartiendo risas y alegrándoles el día.

Elise me llama y yo contesto.

—En esta casa no hay nada. El armario del despacho también está vacío. Voy a volver a cerrarlo para que no sepa que hemos estado aquí.

—Así que está limpio, y este tío es un entrenador parapléjico que ayuda a niños discapacitados. Sobrevivió a la pérdida de su madre a una edad temprana, a la de su mejor amiga y su novio cuando era adolescente y ahora es paralítico. Y, a pesar de todo, es la versión masculina de Teresa de Calcuta —afirma Donny con sequedad—. Y lo estamos acusando de ayudar a un asesino. Repito: vamos a ir al infierno.

—Comprueba la furgoneta —le digo, frustrado. Mi intuición me dice que algo no encaja. Había alguien en su casa, y si no está allí, entonces estará en el vehículo.

Donny maldice antes de salir y desenfunda el arma mientras se dirige a la parte trasera de la furgoneta. Extiende una mano para tirar de la puerta mientras yo alterno la mirada entre él y Jacob.

Cuando la abre, frunzo el ceño. Juraría que Jacob la había cerrado.

Lo único que hay en la parte trasera es una caja con la etiqueta «MATERIALES». Aparte de eso, está completamente vacía.

Donny me mira con una ceja arqueada y yo le hago un gesto con la mano con los ojos en blanco. Él cierra las puertas, se sube de nuevo y nos marchamos.

—Olvídate de él. Aunque supiera quién es el asesino, no puede estar involucrado —dice Donny con un suspiro.

Conduzco molesto. Siempre he dejado que me guíe el instinto, y rara vez me equivoco si estoy seguro de algo.

Jacob ni siquiera se da cuenta de que pasamos junto a él. Lanza la pelota al aire y se la pasa a un niño que tiene un solo brazo al otro lado de la cancha y que encesta.

Cuando regreso a la oficina, Hadley está dispuesta a abalanzarse sobre mí, pero la ignoro y me dirijo hacia Leonard.

—Oye, necesito que recopiles toda la información que puedas sobre el caso de Robert Evans. Veamos si podemos empezar por ahí y descubrir qué es lo que esconde ese maldito pueblo. Por alguna razón, todo está relacionado con eso. Es la primera ficha de dominó que colocó todas las demás en su sitio.

Él asiente, haciendo un gesto hacia su portátil.

—Ya estoy en ello. Hay tantas inconsistencias en ese informe que resulta absurdo. Básicamente, lo único que se utilizó para condenarlo fue el ADN encontrado en las escenas del crimen, e incluso este parece estar contaminado debido a la deficiente cadena de custodia por la que pasó la prueba. No entiendo cómo es posible que lo condenaran, salvo admitiendo que el juez pasó por alto todas las leyes pensadas para garantizar la imparcialidad y la honestidad.

—Y ya sabemos cómo trabaja el Padrino —añado—. Averigua lo que puedas. Descubre por qué se interrumpieron los asesinatos, o si realmente lo hicieron. Si el sospechoso logró que inculparan a Evans, es posible que se haya trasladado a otra ciudad y haya cambiado su *modus operandi* lo suficiente como para incriminar a otra persona.

—Me pongo a ello —dice Leonard, que vuelve a enfrascarse en su tarea.

Casi atropello a Hadley cuando me giro.

—¿Y esa cara? ¿Qué has averiguado sobre Jacob Denver? —me pregunta.

Se frota las manos, ansiosa por obtener información. Supongo que todos estamos nerviosos.

—Nada. Mi intuición me decía que había alguien más con él, pero al parecer me equivocaba.

—Lo del instinto es complicado —dice, frunciendo el ceño—. ¿Qué ha pasado?

—Nada. Oye, Lisa comentó que iba a pedirte que investigaras a alguien que le envió rosas de mi parte.

—No las enviaste tú —dice enseguida.

—Eso lo sé —le digo, sin entender por qué se comporta de forma tan extraña.

—Lo que quiero decir es que nunca hubo nada que indicara que fueran tuyas. Eran solo una docena de rosas enviadas sin tarjeta. Supongo que dio por hecho que fuiste tú.

Niego con la cabeza y miro el expediente que tengo delante.

—¿Puedo irme? Estoy agotada y no han surgido nuevas pistas. Además, he enviado todo el material forense que podía examinar. El laboratorio necesitará unos días para analizar el resto.

Asiento, haciéndole un gesto para que se vaya, y ella sale prácticamente corriendo.

No la culpo. A mí tampoco me gusta pasar tanto tiempo aquí. Lana ha estado fuera por trabajo casi toda la semana, pero por fin esta noche tendré al menos un rato a solas con ella.

En lo que respecta a este caso, la gente de Delaney Grove va a acabar conmigo.

Capítulo 9
LANA

> Si ansiar el honor es un pecado, entonces
> soy el alma más culpable de todas.
> —WILLIAM SHAKESPEARE

Me escondí de mi novio en un armario después de volcar sin querer un cuenco lleno de chinchetas. Luego me metí en una diminuta caja de materiales en la furgoneta de Jake y me quedé allí escondida durante una hora mientras él acudía a su partido semanal de baloncesto con sus niños, un programa especial al que yo contribuyo económicamente. Me quedé allí atrapada porque la caja no se podía abrir desde dentro.

El muy capullo lo hizo a propósito para darme una lección, y le va a caer una buena después.

Estoy exhausta y deseando acurrucarme en la cama hasta que Logan consiga escaparse cuando doblo el pasillo del hotel y veo a Hadley esperando en mi puerta y lanzándome dardos con la mirada.

Qué ganas tengo de que se largue de este hotel.

—¡Tú! —dice con los dientes apretados.

—¿Qué he hecho ahora? —pregunto, confundida.

—¿Te suenan de algo unas rosas?

Sonrío satisfecha mientras empujo la puerta y ella se cuela por mi lado dándome un empujón con el hombro al entrar.

—¿Quieres pasar? —digo con sarcasmo.

Cuando la puerta se cierra, ella se da la vuelta y me apunta con un dedo acusatorio.

—No te hagas la lista, Lana. Le enviaste rosas a Lisa. Sé que fuiste tú. Le hiciste creer que había sido Logan y, ahora que sabe que no fue él, está agobiada, convencida de que fue cosa de Plemmons.

Supongo que Hadley tiene el sentido del humor estropeado, porque es graciosísimo.

—El Hombre del Saco está muerto, ¿y qué te hace pensar que fui yo o que esas fueron mis intenciones? —musito, ocultando una sonrisa.

—Sé que fuiste tú. Las rosas se abonaron con una visa prepago. Plemmons ya había acabado con Lisa, pero, como es la ex de Logan, escogiste una pésima manera de tocarle las narices.

—En realidad fue ella la que empezó a darme por saco a mí. Yo solo le envié unas rosas —digo con una sonrisa tímida.

La cara se le pone todavía más roja.

—No toques a mi equipo, Lana. Tienes demasiado que perder como para andar jugando con nosotros.

—¿Con vosotros? Con la única con la que estoy jugando es con ella, que fue quien empezó. Le faltó mearle encima a Logan. Y lo de las rosas fue hace siglos. Ni siquiera es una buena broma si no las recibe mientras el tío está vivo. Por si acaso lo has olvidado: lo maté yo, así que no tiene motivos para estar asustada… A menos que se le aparezca el fantasma de un asesino en serie.

Agarro una linterna y me alumbro por debajo de la barbilla, y Hadley entrecierra los ojos. Necesita urgentemente trabajarse un poquito el sentido del humor.

—Esto es de locos. Lo sabes, ¿verdad? —suelta.

Pongo los ojos en blanco y apago la linterna.

—No, lo que es de locos es ser su ex y comportarse como una cerda conmigo. Y tú me dijiste que no podía matar a nadie a menos que realmente lo mereciera. No dijiste nada de enviarle rosas a una chica que se comporta como una auténtica zorra conmigo.

—No le restes importancia a esto —sisea—. Le mandaste esas rosas para aterrorizarla. Para jugar con su mente. El tipo le grabó una palabra en el brazo mientras estaba consciente, y estuvo a punto de matarlas a ella y a Elise antes de que Lisa consiguiera dispararle varias veces.

—Pero falló —le recuerdo. ¿Quién no es capaz de disparar a un tío de ese tamaño?

—Lo rozó —me corrige.

—Falló —repito, sonriendo al ver el tonito rojo que se le está poniendo—. Yo no fallé. Y, como decía, el tipo está muerto. La broma ya no tiene gracia. ¿Cómo se puede ser tan maleducada de agradecerle ahora a Logan las flores que asumió, por toda la cara, que eran suyas?

Abre y cierra la boca, y estoy medio convencida de que le va a explotar la cabeza como en los dibujos animados.

—¡Que no tiene ninguna gracia! Es cruel. Y retorcido. Y…

—¿Lisa es tu mejor amiga?

—No —responde, con el ceño fruncido.

—¿Te ha salvado la vida o algo?

Ella niega con la cabeza.

—¿Te cae bien siquiera?

Entrecierra los ojos, pero no contesta a la pregunta.

—Me lo voy a tomar como un «no». Entonces, ¿a qué viene tanta indignación y superioridad moral por haberme burlado un poco de una abusona de mierda? No podía ponerla en su sitio directamente, por lo que sí: jugué un poco con su mente. Y ni siquiera me salió bien porque pilló la broma demasiado tarde. Así que todos contentos.

—Yo me refiero al hecho de que la tomaras con un miembro de nuestro equipo y de que ni siquiera comprendas lo enfermiza y retorcida que fue esa «broma».

Mi sonrisa se desvanece.

—Podría haberle mandado el corazón de un cerdo o algo así si lo que querías era algo enfermizo y retorcido. Podría haberle enviado un ramo en el que pusiera «MANTENERLA». Podría haberle enviado una versión siniestra en ruso de la canción del Hombre del Saco. Le mandé rosas, Hadley. Un pequeño juego mental, como a ti te gusta llamarlo. Eso es todo. Si lo piensas bien, fui indulgente con ella. Ambas sabemos que podría haber sido mucho más cruel.

Palidece un poco.

—No —gruño, poniendo los ojos en blanco—. No estoy diciendo que fuera a matarla.

Ella se deja caer sobre la cama y se pasa una mano por el pelo.

—Esto es demasiado. *Tú* eres demasiado.

—Se te está yendo un poco la olla con lo de las rosas. Relájate, Hadley. No deberías haber preguntado si no querías saber la respuesta.

Levanta la mirada y en sus ojos se refleja un profundo cansancio.

—La moral de Logan no está tan distorsionada como la mía, Lana. Si realmente lo quieres, debes dejar de buscar venganza. Intentemos encontrar una forma de acabar con los demás. Podemos…

—¿Acabar con todo el cuerpo de policía? ¿Acabar con violadores cuyas palabras contradirán la mía? ¿La de la hija de un asesino en serie condenado que fue injustamente perfilado por uno de los suyos? —digo con total seriedad.

—Logan sabe que el perfil era incorrecto —admite, lo que me deja atónita.

Ella me mira fijamente a la cara.

—Es la primera vez que oyes hablar de esto, ¿verdad?

Asiento con la cabeza y me voy dejando caer lentamente sobre la silla.

—No le haces ninguna pregunta sobre tu caso, ¿no?

Esta vez la fulmino con la mirada.

—Si quisiera conocer la información de la que disponéis, le pediría a Jake que pinchara las cámaras. No necesito utilizar a mi novio, ni traicionarlo de esa manera. Ya detesto bastante tener que mentirle.

—Se acabó lo de jugar con la gente de mi equipo —dice, frustrada.

—Solo si ella me deja en paz —contesto, y la observo mientras se lo piensa.

—No hagas nada tan macabro.

Me encojo de hombros, sonriendo.

—Tengo un sentido del humor bastante macabro. Y soy territorial. Por lo menos no meé en las rosas antes de enviarlas.

Ella me observa; yo le sonrío.

—Me tienes muy confundida, y lo peor es que creo que lo quieres de verdad.

—Pues claro que lo quiero —le digo emitiendo un largo suspiro.

—Bueno es saberlo. —La voz de Logan nos hace gritar a las dos, y Hadley incluso se cae al suelo.

Logan le sonríe y ella se levanta de un salto. Si está sonriendo es que no ha podido escuchar todas las partes importantes del discurso que me revelan como una asesina psicópata, ¿verdad?

—¡¿Cuánto tiempo llevas ahí?! —exige saber Hadley, con el mismo aspecto culpable que la propia asesina.

—Lo suficiente como para escuchar una confesión que supongo que no debía haber oído —dice, con una sonrisa que se convierte en una mueca burlona mientras me mira con los ojos encendidos.

Pues sí, se ha perdido toda la parte en la que confieso que soy una asesina. Tengo que ir con más cuidado.

—¿Confesión? —pregunta Hadley, y pierde todo el color de la cara.

Esta chica no podría ser nunca una asesina.

—Sí —dice Logan, con la atención puesta en mí mientras se acerca con paso firme.

—Logan, esto no es lo que parece. Ella…

Por suerte, sus palabras se acallan cuando Logan me agarra por la cintura y me atrae hacia sí para aplastar sus labios contra los míos. Casi me encaramo encima de él para poder besarlo sin tener que ponerme de puntillas ni inclinarme. Hadley emite un sonido ahogado, y yo beso a Logan con más intensidad para distraerlo de la fuente de información que ella representa.

Con razón el Hombre del Saco le tapó la boca con cinta americana.

—Bueno —dice Hadley mientras Logan continúa besándome—. Me piro ya.

Ni siquiera le presta atención, sino que me besa con más fuerza y me empuja contra la ventana que da a la ciudad. Mi boca permanece pegada a la suya, ansiosa por este momento después de una semana en la que apenas hemos podido vernos.

—Joder, te he echado de menos —dice contra mis labios, sin dejar de besarme con desenfreno.

No puedo responder, porque no me deja separar los labios para corresponderle. En cambio, empieza a bajarme los pantalones, empujándome con más fuerza contra el cristal.

—Yo también te he echado de menos —digo cuando tengo oportunidad, pero él está muy serio, y esa mirada ardiente sería capaz de quemar a una chica con menos experiencia.

Él se desviste mientras yo me deshago del sujetador y me quito las bragas. En el tiempo que tardo en hacerlo, él ya está completamente desnudo y me levanta tan rápido que me quedo sin aliento.

Me apoyo en el cristal y le rodeo los hombros con las piernas. Cierro los ojos con fuerza cuando él acerca la cara justo donde quiero y se aferra a ese punto sensible que sabe estimular con tanta habilidad.

Se muestra más agresivo de lo habitual, casi como si me estuviera castigando, sin mostrar piedad cuando gimo y me retuerzo e intento arrancarle el pelo con las manos.

Echo la cabeza hacia atrás contra el cristal mientras grito, sumida en las sensaciones que me provoca esa boca magistral. Me deja en el suelo con un movimiento suave y me gira para que quede frente al cristal.

Levanto las manos rápidamente para evitar chocar contra él, que entonces me levanta la parte inferior del cuerpo, alineándola para poder embestirme con fuerza.

Es una sensación demasiado placentera, y él se inclina y me besa el cuello con la misma rudeza con la que se apodera de mi cuerpo.

—Deberías habérmelo dicho a mí primero —dice, lo que me permite hacerme una idea de por qué esto me parece un increíble castigo a base de sexo.

Si estas son las consecuencias de decepcionarlo, nunca volveré a portarme bien.

Sería genial que me castigara así cuando descubra quién soy en realidad, si es que lo hace.

Espero que ese día nunca llegue. Preferiría no saber lo que me haría.

Empujo más fuerte las manos contra la ventana y él me sostiene por detrás para poder controlar cada segundo que permanece dentro de mí. No se detiene hasta que yo grito, y sus caderas embisten con fuerza por última vez antes de mecerse trazando un círculo lento, con la respiración entrecortada mientras se inclina y apoya la frente sobre mi hombro. Sigue sujetándome mientras yo sonrío contra la ventana.

—No pretendía decírselo a Hadley —digo sin aliento y sonriendo—. Lo ha averiguado ella sola.

Él se inclina y me besa en el hombro.

Pero no dice nada.

No sé muy bien por qué eso me hace sentir un poco incómoda, pero intento ignorar la semilla de duda que se ha plantado en mi mente.

—No puedes volver a pasar tanto tiempo fuera. Solo has estado en la ciudad un día esta semana —dice, besándome el cuello y acariciándome el cuerpo con las manos.

—Si esta es la recompensa que recibo, no voy a poder evitarlo —bromeo, y sonrío cuando él suelta una carcajada.

Él sale de mi interior y me da una palmada en el culo, y yo me giro justo cuando me guiña el ojo.

—Ponte algo bonito. Esta noche te llevo a una cita de verdad.

Con una sonrisa de oreja a oreja, me meto rápidamente en la ducha. Pero, en cuanto me coloco bajo el chorro, Logan se mete conmigo, sus labios encuentran los míos y me empuja contra la pared.

—Podemos salir mañana —murmuro contra sus labios, sintiendo cómo sonríe cuando se desliza dentro de mí otra vez.

Justo cuando empieza a marcar un ritmo constante, sus labios se separan de los míos y empieza a besarme hasta llegar a la oreja.

—Yo también te quiero, Lana Myers —dice en apenas un susurro.

Y, en ese momento, soy completamente suya. No existe la venganza; ninguna muerte mancha mis manos. Solo soy una chica enamorada de un hombre destinado a odiarme cuando descubra la verdad.

Y es devastadoramente trágico, más que ninguna obra de Shakespeare.

Capítulo 10
LOGAN

La expectativa es la raíz de toda angustia.
—William Shakespeare

Lana está abrazada a mí, durmiendo plácidamente, cuando me suena el teléfono con un aluvión de mensajes de texto.

Gruñendo, me doy la vuelta y lo agarro. Lana se gira conmigo, suspira en sueños y se acurruca a mi lado.

Le doy un beso en la cabeza antes de empezar a leer los mensajes.

A. E. COLLINS: Tenemos un problema. Ponte en contacto conmigo de inmediato.

CRAIG: El puto subdirector adjunto me acaba de pedir que te localice y te traiga. Se ha montado una buena.

HADLEY: Acabo de llegar al trabajo, y el Padrino está aquí. Más te vale venir cagando leches.

Suelto un taco, salgo de la cama y dejo a Lana durmiendo sola. Estoy empezando a cansarme de esto. Mis horarios siempre han sido muy movidos, pero parece que la situación está empeorando con tantos asesinos de alto perfil que van por ahí masacrando a gente.

Me visto deprisa y me pregunto qué coño hace Johnson en las oficinas de nuestra unidad. Escribo una nota para Lana en la que le prometo volver en cuanto pueda y salgo por la puerta a las cuatro de la mañana para lidiar con eso tan gordo que se ha montado.

Cuando llego, Johnson está en mi puto despacho, sentado en mi puñetero escritorio.

—¿Qué carajo crees que estás haciendo? Nadie puede entrar aquí a menos que yo lo autorice —espeto.

—Baja el tonito para hablar con tus superiores —gruñe, fulminándome con la mirada.

Nunca nos hemos caído bien, por si no se nota.

—Sal de mi despacho, y tú no eres mi superior, agente especial Johnson. Por si no te has dado cuenta: tenemos el mismo cargo. Y, con respecto a tu puesto en la Agencia, carece de toda autoridad sobre el mío.

Se pone de pie lentamente mientras se alisa la chaqueta.

—Estaba poniéndome al día con mi caso.

—¿Tu caso? —pregunto, tanteándolo con la mirada.

Tiene un comportamiento más arrogante del habitual, y no cabe duda de que está tratando de intimidar con ese brillo peligroso en sus ojos.

—Sí. Mi caso. Por lo visto estás indagando en expedientes que son míos, y al parecer el director ha decidido que debería venir a investigar este nuevo caso que crees que está relacionado con uno que yo llevé hace tiempo.

—¿Quieres decir que el director ha cedido y te ha dejado hacer lo que quieras porque sois compañeros de golf durante el día y de intercambio de parejas por la noche? —aclaro, expresando lo que él debería haber dicho.

Le tiembla la mandíbula. No soporta que una sala llena de perfiladores no pase por alto sus secretos.

—Este caso es mío.

—Este es mi departamento. En caso de que se te haya olvidado.

—Bueno, si tienes algún problema, háblalo con el director.

Lo señalo con un dedo.

—Sal de mi despacho. No me hagas repetirlo.

Él sonríe con suficiencia, pero se pasea por mi lado, comportándose como si hubiera ganado algo. Me encamino directamente hacia el ascensor, del que acaba de salir el subdirector adjunto Collins.

—Te dije que me llamaras —dice en voz baja, con la mirada puesta en Johnson, mientras se dirige a una de las oficinas vacías.

—¿Qué está pasando? —vuelvo a preguntar.

Él suelta un suspiro largo y profundo.

—No lo sé. Johnson recibió una llamada de alguien y se puso en contacto conmigo para preguntarme por qué estabas trabajando en uno de sus antiguos casos ya resueltos. Le dije que se solapaba con uno de los que estás llevando tú ahora. Y lo siguiente es que el director me despierta con una llamada para decirme que Johnson se encargará del caso de la Muerte Escarlata.

—¿Qué cojones está pasando? —siseo.

Me hace un gesto para que entre en mi despacho y paso junto a Hadley, que parece furiosa mientras mira fijamente a Johnson. No lo conoce de nada, pero él consigue caerle mal a todo el mundo en cuestión de segundos.

En cuanto entramos, Collins cierra la puerta.

—Algo está ocurriendo con todo esto. Primero, el informe del forense sobre el «supuesto» asesino en serie fallecido que Johnson había perfilado resultó inservible. El perfil está lleno de lagunas e inconsistencias, igual que el caso contra Evans. Después aparece un asesino que busca venganza y que se dedica a repartir sentencias de muerte a hombres procedentes de ese pueblo. La víctima más mayor tendría diecinueve años, según lo que sabemos hasta ahora, y la más joven, quince —le digo, echando chispas.

Él se deja caer sobre una silla, con la cara blanca como la pared. Pero yo no he terminado.

—Luego se presenta Johnson, importunando para impedir esta investigación. ¿Qué está pasando realmente, Collins? ¿Tuvo algo que ver con la muerte de un hombre inocente? ¿Alteró intencionadamente el perfil para que coincidiera con Robert Evans? Aquí no encuentro mucha información sobre ese caso. Hemos estado recopilando todo lo que hemos podido.

Él niega con la cabeza.

—Recuerdo el caso de Evans. No adquirió tanta notoriedad porque coincidió con unas amenazas terroristas que surgieron en aquel momento, o algo por el estilo. Recuerdo el caso porque visité aquel pueblo cuando varios miembros de la unidad decidieron dejar de investigarlo; la mitad de ellos renunciaron, se jubilaron o fueron trasladados, por lo que se abrieron muchas vacantes a la vez. Dejaron a Johnson cerrando el caso por su cuenta. Luego volvió a casa. Aquel juicio fue visto y no visto. Nunca había presenciado un juicio que durara tan poco tiempo como ese.

Hace una pausa y respira profundamente, con la mirada perdida. Por fin, continúa:

—Y más tarde solo supe que los pocos miembros que quedaban en la unidad acabaron por marcharse. Después de eso, buscaron a alguien para sustituir a Johnson, aunque no sé por qué. Contrataron a varios agentes, pero tú fuiste el que más les llamó la atención. Llegaste tres años después de todo ese lío. Por fin encontraron al candidato idóneo y se deshicieron de él en cuanto tú estuviste preparado.

—Y, a pesar de eso, ¿el director lo manda de vuelta?

—Lo ha reincorporado para que solucione este desastre, o eso parece.

—Se muestra muy arrogante para tratarse de alguien que intenta cubrirse las espaldas.

—No se está cubriendo las espaldas. Se las está cubriendo al director. Llevan seis meses intentando sustituir al director McEvoy. Ya me lo han propuesto varias veces algunos altos cargos. Quieren que yo ocupe ese puesto y que él se vaya.

Vuelvo a mi escritorio y me apoyo en él mientras Collins se sienta en una de las dos sillas que hay junto a la puerta.

—Entonces, ¿qué hacemos?

—Tú eres el perfilador. Dime cómo podemos salir de esta situación y, al mismo tiempo, ofrecer la mejor solución posible frente a un asesino en serie sumamente peligroso.

Me quedo pensando, sopesando los hechos y los posibles resultados.

—Johnson perfilará a este tipo como un sádico, sin tener en cuenta toda la información nueva que hemos recabado. Le dará la vuelta a la tortilla, y reformulará las pruebas para que se ajusten a su perfil. Después señalará a alguien que no encaje en absoluto con el perfil verdadero. La mitad de sus casos quedaron anulados precisamente por eso.

—Estoy muy al tanto de su incompetencia —afirma Collins con sequedad.

—Si falsificó pruebas de ADN… —dejo la frase sin terminar.

—Entonces acabará entre rejas —promete Collins.

Le creo. Siempre lo he hecho. No se enreda en cuestiones políticas. Es un agente del FBI de la vieja escuela, de los que se unieron al FBI en pos de la verdad y la justicia.

—Trabajaré en el caso por mi cuenta, coordinándolo con mi equipo. Sigo siendo su jefe. Cualquier represalia recaerá exclusivamente sobre mí, ¿entendido? No quiero que sus carreras se vean comprometidas por nada de esto.

—Mientras tú te encargas de eso, yo reuniré a un comité para ver si puedo anular esta absurda decisión. Puede que me lleve una semana o más, pero haré todo lo posible para quitártelo de encima —me ofrece.

—Les dices que es cosa mía, no de mi equipo —repito, clavándole la mirada.

—Como quieras —responde, con un suspiro—. Ojalá no lleguemos a ese punto.

—Va a pedirnos que nos desplacemos a Delaney Grove en los próximos días —añado—. Querrá adelantarse al golpe final a pesar de que ahora mismo los asesinatos parecen concentrarse a nuestro alrededor y no en dicho pueblo. Sin embargo, podría jugar a nuestro favor, porque quizá por fin obtengamos algunas respuestas sobre lo ocurrido allí.

Levanto la vista y a través de la ventana veo a Johnson caminar hacia el centro de la sala, tocar mi puto tablón y borrar información crucial para el perfil.

—Qué asco me da ese hijo de puta —digo para mis adentros.

Collins se da la vuelta y resopla de frustración.

—Como a todos.

Salgo y escucho las órdenes que Johnson le está dando a la mitad de mi equipo. Elise y Lisa aún no han llegado, pero Donny me mira a los ojos como si se diera cuenta de la putada que se nos viene encima.

—Pasado mañana iremos a Delaney Grove. Preparad las maletas. He llamado al *sheriff* y nos ha invitado a colaborar con él en este caso.

—Qué curioso —dice Donny, arrastrando las palabras—. Actuó como si estuviese todo en orden cuando hablamos con él.

Johnson mira a Craig.

—Tú preocúpate de sonreír delante de las cámaras y déjanos a nosotros el trabajo de verdad.

Craig aprieta la mandíbula y me lanza una mirada fulminante. Yo sonrío con aire burlón para hacerle saber que estoy tramando algo y él contiene su propia sonrisa en respuesta a mi gesto.

—Tenéis delante a un sádico —dice Johnson, como era de esperar—. El objetivo de este sádico son los hombres dominantes.

Donny se da la vuelta, probablemente para reírse de lo mal encaminado que va con ese perfil. Nadie le discute. Todos han oído hablar de la reputación de Johnson. No sabe trabajar en equipo, no escucha ni se adapta. Es un capullo autoritario que cree que su palabra va a misa.

Un auténtico narcisista.

—Kyle Davenport ha sido puesto bajo protección por la policía local —continúa, y por fin me sorprende con algo.

—¿Quién es? —pregunta Donny.

Hadley se sienta en su silla, demasiado callada incluso para lo que es ella.

—Es el hijo del *sheriff*. He reducido los posibles candidatos y él, junto con un par más, encaja en el perfil. Sin embargo, él es más dominante que los demás, por lo que creemos que será el próximo objetivo.

Donny se acerca a mí cuando Johnson empieza a alardear del número de sádicos que ha capturado y de lo fácil que es atraparlos cuando se dispone de un tipo específico de víctima.

—Esto es mentira —gruñe—. Es imposible que haya reducido a las posibles víctimas a solo una puta persona con la poca información que manejábamos.

Me froto la barbilla con la mirada al frente.

—A menos que sepa qué pasó hace diez años.

Él gira la cabeza bruscamente hacia mí.

—Entonces sabría que se trata de un asesino por venganza y no de un sádico.

Asiento.

—Pero si la cagaste tanto como para que el mismísimo director te encomiende la investigación en curso, lo último que querrías es perfilarlo como alguien que asesina por venganza.

Abre mucho los ojos y vuelve a entrecerrarlos al momento.

—Ese hijo de puta sabe lo que pasó. Se le podría despedir e incluso encarcelar por obstaculizar una investigación como esta.

—Lo sé —respondo—. Por eso estoy atento a todo lo que dice. Estoy preparando mi propia investigación para el subcomité. Por ahora, trabajemos en nuestro caso. Tu jefe soy yo, no él. Sigue mis órdenes, no las suyas. Y, si las cosas se tuercen, la responsabilidad recaerá sobre mí.

—No me podría importar menos que me despidan por este capullo, Logan. No te enfrentes a él solo. Tiene demasiados amigos con cargos importantes.

—Ya, pero prefiero basarme en pruebas —le digo, y le doy una palmada en el hombro antes de volver a mi despacho.

Me siento unos instantes antes de que Hadley entre.

—Deberías traerte a Lana a Delaney Grove con nosotros —dice sin emoción alguna.

Levanto las cejas hasta que me llegan al nacimiento del pelo.

—¿Cómo? ¿Y para qué coño iba a hacer eso?

—Bueno, por un lado, estaremos fuera un tiempo, si este tipo no acaba pronto con este asunto. Y, por otro, a Lana todavía le cuesta quedarse sola por la noche. Ella misma me lo ha dicho —dice, con un gesto de indiferencia.

Me tenso. Lana no me ha dicho nada de eso.

—¿Por qué no me lo ha contado a mí?

Ella se encoge de hombros y se sienta.

—Es dura. No quiere que sepas que lo está pasando mal porque te has mostrado muy orgulloso de su fortaleza.

Gruño mientras me paso una mano por el pelo. Pues claro que lo está pasando mal. Un hombre irrumpió en su casa e intentó asesinarla. Estamos instalados en un hotel desde entonces.

—Debería quedarse con una amiga. Es peligroso llevarla a Delaney Grove. Por no mencionar que va contra las normas.

—Te diría que tienes razón, pero estamos buscando a un asesino sediento de venganza, aunque ese imbécil de ahí diga lo contrario. Sabes que ese tipo de criminales no atacan a nadie a menos que se interponga en su camino. Estará a salvo. En cuanto a las normas, la Agencia no tiene autoridad para decidir dónde pueden o no pueden ir los civiles. Al fin y al cabo, este es un país libre.

Los labios le tiemblan de diversión.

—Y cabrearías mucho a ese cantamañanas si te la llevaras y le dijeras eso tal cual —añade.

Llevar a Lana a un pueblo donde sé que un asesino en serie planea aparecer tarde o temprano… es tremendamente irresponsable y peligroso.

—Por favor, Logan. Le conviene estar rodeada de gente, y tú eres lo único que tiene.

Maldigo y me paso una mano por el pelo.

—Si el sujeto piensa que estamos acercándonos demasiado, podría tomarla con ella para llegar a mí. Es demasiado arriesgado.

—Sabes que eso es una chorrada —me contesta de inmediato—. Si ese tío quiere ir a por ti, irá a por ti. No tiene miedo ni es un gallina como Plemmons, que se aprovechaba de las más débiles. No es un sádico sexual interesado en morenas guapas. No estás pensando de forma lógica.

La miro como si hubiera perdido la maldita cabeza.

—¿Que no estoy pensando de forma lógica? —pregunto con incredulidad—. Eres tú la que me está pidiendo que lleve al terreno de una investigación a una civil sin entrenamiento y a la que hace poco han atacado por culpa de mi trabajo.

Ella se inclina hacia delante, con determinación en los ojos.

—Lana se salvó solita de Plemmons. Me salvó a mí. No la estás llevando al terreno de una investigación, estará sana y salva en cualquier lugar al que vayamos. No hay hoteles en Delaney Grove, así que voy a hablar con Craig para averiguar dónde nos alojaremos exactamente.

Como si fuera una señal, llaman a la puerta y Craig entra antes de que le dé permiso.

—Buenas, ¿te importaría explicarme qué cojones está pasando? —pregunta Craig al tiempo que entra y cierra la puerta.

—Le estoy diciendo que se traiga a Lana porque no se siente segura quedándose sola. Ni siquiera le apetece viajar ahora mismo porque se siente expuesta. Ya lo he hablado con ella —se apresura a intervenir Hadley.

Él levanta las cejas.

—Eso es completamente comprensible después de todo lo que le ha pasado. Debería venir.

Hadley me sonríe como una niña que acaba de ganar una pelea para ver quién se queda los caramelos.

—¿Tú también? ¿Te das cuenta de lo peligroso que puede ser eso?

Él hace un gesto con la mano.

—Un asesino en busca de venganza que se ha dedicado a atacar a hombres fuertes y en buena forma física no va a agredir a una mujer indefensa. Si quiere a alguien de nuestro equipo, vendrá directamente a por nosotros. No tiene miedo.

—Eso es justo lo que le he dicho —presume Hadley.

—Ninguno de vosotros es perfilador —señalo.

—Precisamente por eso no deberíamos ser mejores que tú en este campo —dice Hadley con un largo y profundo suspiro, burlándose de mí con la mirada.

—¿Por qué te importa tanto? Al principio no te fiabas de ella, ¿y ahora quieres que venga con nosotros?

Tensa los labios.

—Las cosas cambian. Aparecen fotos. Y luego todo se descontrola cuando la mierda estalla y, de repente, el agente especial Tocapelotas entra en escena y asume el control como si intentara ocultar algo.

—¿Se puede saber de qué estás hablando? —gruño.

—Ahora mismo Lana estará más segura con nosotros que sola —me dice Craig, que se compincha con ella.

Donny entra y yo lo fulmino con la mirada cuando cierra la puerta.

—No tengo ni idea de lo que está pasando, pero tenemos que decidir echando leches cuál será nuestro próximo movimiento. Ahora mismo está hablando por teléfono con el *sheriff,* pero, en lugar de compartir el perfil abiertamente, ha cerrado la puerta y ha dicho que se trata de un asunto privado.

Va desviando la mirada de uno a otro.

—¿Qué? —pregunta, confundido por la tensión.

—Creen que Lana debería venir con nosotros porque ahora mismo no se siente a salvo estando sola.

—Es entendible. Deberías traerla. Tampoco es que vaya a estar en peligro, teniendo en cuen-

ta que vendría a por uno de nosotros directamente si pensara que nos interponemos en su
camino —dice Donny, lo que provoca que Craig
y Hadley me lancen una sonrisa de victoria.

—Manda huevos la cosa.

—Además —continúa Donny, haciendo caso
omiso de mi comentario—, cabreará de lo lin-
do al capitán Gilipollas Integral.

Capítulo 11
LANA

Si nos pinchan, ¿no sangramos?
Si nos hacen cosquillas, ¿no reímos?
Si nos envenenan, ¿no morimos?
Y si nos ofenden, ¿no nos vengaremos?
—William Shakespeare

Shakespeare era uno de los pocos pensadores que creía en la venganza. Aunque, por otro lado, era un romántico. Los románticos siempre creen en la venganza porque aman con más fervor, sufren las pérdidas de forma más dolorosa y guardan rencor por aquello que les ha destrozado el corazón. Para ellos el corazón es de suma importancia, más que el cuerpo, el alma o la mente.

Mi cuerpo se hizo más fuerte y mi mente se volvió calculadora cuando perdí mi alma para vengar mi corazón.

Supongo que eso me convierte en una romántica.

Estoy escribiéndole un mensaje a Jake, que también es un romántico, cuando me interrumpen unos golpes en la puerta.

Logan no llamaría.

Con cautela, me acerco a la mirilla y veo a una pelirroja muy reconocible de espaldas.

Abro la puerta, preguntándome qué habrá venido a decirme esta vez. Pero, cuando se da la vuelta, tiene los ojos llorosos.

Pasa junto a mí y entra empujándome con el hombro.

Al parecer, mi secreto le está pesando demasiado. Joder.

Si ya estoy a punto.

Cierro la puerta sin hacer ruido y ella se sienta en la cama mientras yo me recuesto sobre el marco.

—Sesenta y nueve fotos y setenta clavos —suelta, lo que me deja aturdida por un momento—. Algo me dice que no eres de las que se equivocan contando.

Cuando me doy cuenta de a qué se está refiriendo, me siento en una esquina.

—¿Esto es por Ferguson?

—Hoy por fin he reunido el coraje para mirar el expediente. Me levanté temprano para ir a verlo, y luego sucedieron varias cosas de las que tenemos que hablar. La cuestión es que había setenta clavos y sesenta y nueve fotos. ¿Qué hiciste con la que falta, Lana?

Aprieto los labios. Sabe que la foto que cogí era suya. No sé cómo va a reaccionar.

—La quemé.

—¿Por qué? —pregunta, sin una pizca de emoción.

—Porque la mente es algo frágil. Tus amigos la habrían visto; tú la habrías visto también. Te habría destrozado. Enterarse de que existió esa foto no es tan grave como verse a una misma como una niña expuesta y vulnerable y, al tiempo, descubrir que siempre hubo pruebas de ello. Procesamos de forma diferente lo que escuchamos y lo que vemos. La mente es más sensible a la vista que al oído. No quería verte rota. No quería que él venciera desde la tumba. Así que la quemé.

Se seca unas cuantas lágrimas que han conseguido deslizarse por sus mejillas.

—Estoy contigo —murmura—. Para lo que necesites, estoy contigo.

Eso... me deja todavía más confundida.

—¿Por qué?

—Porque una psicópata no se preocuparía por alguien que, lo reconozco, ha complicado mucho sus planes. Demuestras auténtica compasión. Y eso no encaja con una personalidad psicopática.

—Tengo tendencias psicopáticas, pero no soy una psicópata —confirmo con un suspiro—. Ya te lo he dicho.

—Ya, pero no te creí hasta que he visto sesenta y nueve fotos y setenta clavos. Ahora asumo que realmente solo eres alguien que está vengando las injusticias. Y si alguien puede entender la necesidad de matar a los demonios de este mundo que de otra forma no morirían, esa soy yo.

Suspiro de puro agotamiento, sin darme cuenta hasta este momento de hasta qué punto su indecisión me ha estado afectando.

El cabo suelto ya está atado, y no puede echar abajo todo el plan.

—Y después, por si me hacía falta otra señal, el agente especial Miller Johnson se ha presentado hoy.

Solo de oír su nombre se me tensa la espalda, y ella lo nota.

—Fue él quien lo encubrió todo, ¿verdad? —pregunta, interpretando demasiado bien mi reacción.

—Hizo más que encubrirlo.

—¿Qué más no me has contado?

—Te conté todo lo que ocurrió antes. Pero nada de lo que pasó después. Tendrás que descubrirlo con el resto de tu equipo.

—¿Por qué? ¿Por qué no les haces llegar la historia en una nota o algo?

Me inclino hacia delante.

—La mente es algo frágil y delicado —repito—. Es más impactante escucharlo de alguien a quien le ha consumido por dentro guardar el secreto que enterarse por una carta o por boca de un asesino. Hay varias personas que conocen la historia, Hadley. Encuentra a alguien que te la cuente. Ni que decir tiene que necesito que ese pueblo se sienta acechado. Cuanto más tarde en contarse la historia, más preguntas haréis tú y tu equipo. Y más gente empezará a temblar de miedo.

—Eso es justo lo que buscas —afirma, mirándome fijamente.

—No puedo matarlos a todos —digo, encogiéndome de hombros—. Pero aterrorizarlos les recordará que nunca más deben guardar silencio cuando hay inocentes pidiendo ayuda a gritos.

Ella asiente una vez, intentando no mostrar lo incómoda que ese pensamiento le hace sentir. Cambiará de opinión cuando por fin vayan a Delaney Grove.

—He convencido a Logan de que te pida que vengas con nosotros a Delaney Grove —dice, lo que me deja a cuadros.

—¿Qué?

—No vas a poder moverte a tus anchas por el pueblo sin que mi equipo te reconozca. Tu cara ha estado rulando por todos los medios de comunicación después del encontronazo con el Hombre del Saco. La gente te reconocerá, y resultará sospechoso que estés en el pueblo si no es con él.

Eso ya lo había pensado, pero iba a presentarme allí para darle una sorpresa a Logan.

—Pasará mucho tiempo fuera, trabajando en el caso. Al parecer, nos vamos a hospedar en unas cabañas que alquila el *sheriff*.

Se me revuelve el estómago.

—Esas cabañas están a las afueras del pueblo, justo al lado del bosque. Si cree que estáis demasiado cerca de descubrir todo lo que hicieron, irá a por uno de vosotros e intentará echarme la culpa a mí. Bueno, a mi otra yo —le digo.

—No somos tontos. Sabremos si se trata de la Muerte Escarlata. Y nadie de nuestro equipo morirá. Me encargaré de ello cueste lo que cueste, aunque tenga que pinchar cada cámara que haya en el pueblo y vigilarlas sin descanso, con café en vena para no dormirme.

—No hay ninguna cámara.

Niega con la cabeza.

—Tiene que haber alguna.

—Bueno, sí. Las hay. Pero todas están orientadas hacia aparcamientos y hacia el interior de tiendas. No hay cámaras en ningún otro sitio. Las calles no tienen visibilidad alguna desde esos pocos ángulos. Créeme. Llevo estudiando ese pueblo desde que decidí lo que tenía que hacer.

Ella retrocede.

—¿Por qué no hay cámaras?

—Porque la mente es algo frágil —digo una vez más—. Es fácil fingir que lo que escuchas son solo rumores o mentiras. Pero no es tan sencillo ignorar lo que ves. Y el *sheriff* oculta demasiadas cosas que no quiere que nadie vea.

Suelta un suspiro tembloroso.

—¿Fue el *sheriff* quien mató a esas mujeres? ¿Aquellas por las que acusaron a tu padre? —me pregunta, y se me encoge el estómago.

Antes de que pueda responder, entra Logan, que se queda quieto cuando nos ve.

—¿Ya se lo has dicho? —pregunta, y mira a Hadley con los ojos entrecerrados.

Al contrario que la última vez que estuvimos en esta situación, Hadley no se queda farfullando como una boba, sino que le dedica una sonrisa burlona.

—Puede.

Logan pone los ojos en blanco, luego se gira hacia a mí y su mirada se suaviza.

—Voy a ocuparme de algunas cosas, pero ¿te parece bien ir? Tendrás que quedarte encerrada por la noche. Te sentirás como una prisionera, pero así podré ir a verte más a menudo.

¿Por qué parece tan preocupado?

Le lanzo una mirada a Hadley, pero ella me devuelve un parpadeo inocente. Vuelvo a fijarme en Logan.

—Prefiero estar allí contigo que aquí sin ti. Puede que estés fuera una temporada, o eso dice Hadley.

Él asiente con seriedad y yo me pongo de pie mientras él se acerca hacia mí. Tan pronto como llega a mi lado, me rodea con sus brazos y se aferra a mí como si sintiera que necesito consuelo. Yo le devuelvo el abrazo y miro más allá de su bíceps para ver a Hadley sonriéndome con picardía.

¿Qué está pasando?

—Deberías haberme dicho que ahora mismo no te gusta estar sola. Aunque allí también seguirás estando sola. No sé muy bien qué hacer —dice, con un tono que denota verdadera culpa y agotamiento.

Miro con ira a Hadley, que se limita a dedicarme una sonrisa.

—Estaré bien —le aseguro, y lo estrecho entre mis brazos mientras planeo en mi mente las formas en las que voy a putear a Hadley—. Te lo prometo.

Él se retira y me levanta la barbilla para que lo mire a los ojos. Siento que estoy jugando con él, y no me gusta nada.

—Haz las maletas. Nos vamos mañana.

—¿Mañana? —pregunta Hadley mientras yo me quedo ojiplática—. Pensé que tendríamos unos días.

—El agente especial Johnson decidió que deberíamos adelantar el viaje después de colgar la llamada con el *sheriff*. Tal vez encontremos respuestas cuando lleguemos allí —le dice Logan—. Ve a hacer la maleta. Danos un minuto.

Hadley se levanta de la cama y yo trato de no cagarme en el día en que se inventó todo esto. ¿Cómo se supone que voy a escabullirme para matar a dos personas antes de viajar al pueblo?

Todavía no han encontrado ni a Kevin ni a Anthony.

Supongo que tendré que escoger a uno y reservar al otro para más adelante. Morgan se portó peor que Jason. Jason morirá cuando llegue el momento. Solo que no en el orden que tenía planeado.

—Si nos vamos mañana, debería ir a mi casa a recoger algunas cosas que necesito. También tengo que hablar con mi socio y poner en orden algunos asuntos de trabajo. Volveré esta noche —le digo, y dejo que me abrace con más fuerza.

—Deberías haberme dicho que lo estabas pasando mal, en serio. Y yo debería haberlo notado. Soy perfilador, por el amor de Dios. Es mi trabajo darme cuenta de ese tipo de cosas.

Voy a matar a Hadley. O sea, no literalmente. Bueno, igual un poco sí.

Lo pego más a mí y le beso el pecho por encima de la camisa. Huele de maravilla.

Últimamente siempre lleva el pelo rubio revuelto, sobre todo porque se pasa la mano por él cuando está frustrado. Es un detalle que he descubierto de él.

—Logan, estoy bien. De verdad —digo para calmar sus remordimientos. A pesar de sus intenciones, Hadley no tenía derecho a hacerle sentir culpable, y eso me cabrea mucho.

Me acaricia la frente con los labios y yo me recuesto contra él, empapándome de la calidez que irradia. Cada vez que me abraza así, siento como si compartiera su alma con la mía para ayudarme a recuperarla.

Ha conseguido lo que nadie había logrado en diez años: que mis heridas empiecen a cicatrizar.

Prefiero morir antes que permitir que le pase algo, y no voy a dejarlo solo en ese pueblo, indefenso ante peligros que ni siquiera sospecha que existen. Todavía no ha sido testigo de la depravación, y no le dará importancia. Todavía no. No hasta que esté desesperado por encontrar respuestas.

Es entonces cuando tendrá mayor impacto. Es entonces cuando asestará un golpe demoledor y no un simple puñetazo en el estómago.

—Tengo que volver, pero haz las maletas. Seguramente llegue tarde, pero llámame si me necesitas y volveré todo lo rápido que pueda —dice con suavidad.

Lo beso para que se calle, para que comprenda lo bien que me hace sentir. Lo beso por muchas razones, todas ellas entrelazadas en una sencilla e inocua palabra de cuatro letras que tiene más poder del que jamás imaginé.

Ahora comprendo por qué mi padre nunca superó perder a su amor.

Logan desliza las manos hasta mi culo, pero, antes de que la cosa se pueda animar, le suena el móvil. Con un gruñido, baja la mirada hasta la pantalla y pone los ojos en blanco.

—Otro motivo más para odiar a este hijo de puta —dice, lo que me deja confundida antes de levantar el móvil y responder—. Agente especial Johnson, ¿ya me estás echando de menos?

Me obligo a no tensar el cuerpo al oír ese nombre. Me obligo a mantener el semblante impasible para ocultar cualquier microexpresión que pueda delatarme. Sigo besándole el pecho, y con la mano libre me acaricia la espalda con delicadeza, un gesto espontáneo y cargado de ternura.

Para él se ha vuelto natural tocarme y abrazarme, consolarme incluso cuando no lo necesito. Nunca pensé que llegaría a sentirme tan cómoda con alguien. Nunca pensé que existiera alguien como él.

—Lo que yo haga no es asunto tuyo, agente especial Johnson —dice Logan, cortante y con una sonrisa dibujándose en sus labios—. Que no se te olvide que ya no eres mi jefe.

Siento un nudo en el estómago, pero entonces recuerdo que solo lleva siete años en el FBI. Que él no estaba involucrado.

Así que vuelvo a relajarme.

—Te avisaré cuando llegue. Soy unos cinco centímetros más alto que tú y tengo el pelo rubio oscuro. Es difícil no verme.

Sonrío contra su pecho, sin que se dé cuenta. Me encanta que no sea un borrego más, como fueron los otros.

Aunque sigo oyendo a alguien hablar, cuelga el teléfono y yo continúo ocultando mi sonrisa. Los brazos de Logan vuelven a rodearme y me sujeta durante un rato más.

—¿Puedo preguntarte algo? —dice en voz baja.

—Claro.

—¿Por qué nunca hablas de tu pasado? Sigo esperando a que te abras conmigo, pero me preocupa que continúes manteniéndome al margen si lo dejo pasar.

Se me congela la sangre en las venas.

—Ahora no. Hoy no. Así no —digo con voz ronca—. Pero algún día te prometo que lo sabrás todo.

Y espero con todas mis fuerzas que siga queriéndome cuando eso ocurra.

Me abraza con más fuerza y yo ignoro el dolor que siento en el pecho.

—Tengo que volver. Puede que uno de mis chicos mate a Johnson si no intervengo.

Me doy cuenta de que tendría que hacer preguntas, aparentar que no sé nada y parecer recelosa y todo eso.

—¿Johnson? —pregunto, actuando con timidez mientras suspira y se aleja.

Me da un beso rápido, con cuidado de no prolongarlo, consciente de que si lo hace la situación se calentará enseguida. Cuando se dirige hacia la puerta, dice:

—Es una historia demasiado larga. Puede que cuando acabe este caso por fin tengamos más tiempo para pasar juntos.

—¿A qué te refieres? —pregunto, realmente confundida.

Él se gira y me dedica una sonrisa sombría.

—Enfrentarme a Johnson para evitar que encubra información probablemente me cueste la carrera.

Acto seguido, desaparece por la puerta, dejándome con la intriga como si fuera lo más normal del mundo.

Ahora me toca matar a alguien mucho antes de lo que pensaba, así que me cambio a toda prisa y me pongo unas zapatillas de tenis que más tarde sustituiré por las botas grandes si es necesario.

Corro hacia la habitación de Hadley, aporreo la puerta y ella la abre de par en par, con una sonrisa en los labios.

—¿Qué le has dicho a Logan? —siseo, y entro en su habitación.

—Que estabas traumatizada por lo del Hombre del Saco. Era la forma más fácil de conseguir que te pidiera venir con nosotros.

La fulmino con la mirada.

—No estoy traumatizada.

—Ya, pero una chica normal lo estaría. Por Dios, si a mí aún me da miedo ir a dormir a mi casa, y ni siquiera estuvo allí. Me siento ultrajada igualmente.

—Ahora se siente culpable. No he fingido estar pasándolo mal para evitar justo eso. Prefiero levantar sospechas antes que hacerle daño al obligarle a cargar con un peso innecesario.

Su sonrisa se desvanece.

—No era mi intención —dice, seria—. Mierda.

Hundo los hombros y consulto la hora en el teléfono.

—Tengo que hacer una cosa, y cuando vuelva, vas a explicarme por qué la carrera de Logan puede estar en peligro.

Ella frunce los labios, lo que significa que lo sabe.

Decido que matar a Morgan puede esperar unos minutos más.

—¿Qué?

—Miller Johnson es el Padrino de la unidad. Esa reputación le ha proporcionado cierta influencia entre los altos mandos. No lo despidieron cuando cometió todas esas meteduras de pata, pero sí lo trasladaron a otro departamento. El director está saltándose un montón de protocolos para que él siga encubriendo lo que pasó en tu pueblo. Pero, si Logan no coopera, se enfrentará a un montón de mandamases que acabarán con su carrera en el FBI.

Siempre he odiado la corrupción. Por eso empecé todo esto. Nadie va a hacer nada.

Salvo yo.

—No puedes ir matando a todo miembro del FBI que se oponga a él —aclara Hadley enseguida después de verme la cara.

No veo por qué no.

—No, claro —digo con condescendencia.

Empiezo a marcharme, pero ella me agarra del codo. Bajo la mirada al sentir su contacto y ella me suelta inmediatamente, aún con cierto temor hacia mí.

Mis ojos se encuentran con los suyos.

—¿Qué pasará cuando todo esto acabe? —me pregunta con timidez.

—En un mundo ideal, Logan nunca descubriría esta parte de mí. En otro todavía mejor, Logan conocería la verdad, pero lo comprendería, a pesar de que su sentido de la moral no esté tan distorsionado como el mío. Pero, en realidad, puede que sea él quien me mande a la cárcel, porque yo nunca le haría daño, Hadley.

Sus ojos siguen clavados en los míos, como si buscara algo en concreto.

—Los estudios demuestran que casi todos los asesinos en serie que actúan por venganza mueren al final de su cruzada, Lana. Lo habitual es que busquen el suicidio a manos de la policía o que los agentes tengan que abatirlos para evitar más víctimas, porque solo piensan en vengarse.

—Conozco las estadísticas —respondo, manteniendo mi tono y expresión desprovistos de toda emoción.

—No te atrevas a obligarle a hacerlo si ese es tu objetivo final. ¿Me oyes? Lo haré yo misma antes de forzarlo a vivir con eso —me advierte, lo que me recuerda de qué lado de la ley está acostumbrada a estar.

—Me suicidaría antes de obligarle a hacerlo —digo con un tono ronco que no puedo disimular.

Ella se aclara la garganta.

—¿No es ese tu objetivo? ¿Morir para inmortalizar tu mensaje?

Sacudo la cabeza despacio, sin saber bien qué decir.

Ella se relaja visiblemente.

—Deberías saber algo antes de ir al mismísimo infierno —digo, pensando en ella al comprobar cómo su lealtad se inclina claramente hacia mí.

—¿El qué?

—¿Ese *sheriff*? Es dueño de todo el condado. ¿Quieres televisión por cable? Solo puedes conseguirla a través del proveedor local: su negocio. ¿Quieres internet? Él es el dueño del único operador local, y no se permite que ningún «forastero» opere allí. Si lo intentan, la cosa se pone fea. ¿Quieres agua? Es su embalse el que la suministra, no el del pueblo. Tampoco el del condado. ¿Quieres comida? Él es dueño de todas las tiendas de alimentación del condado. ¿Quieres gasolina? Bueno, ya te haces una idea. También es dueño de los hospitales del condado. Por eso mi hermano nos sacó de allí, sabiendo que moriríamos tanto si tardábamos demasiado como si nos quedábamos en Delaney. El nombre del condado proviene precisamente de Delaney Grove. Lo cambió el día que asumió el cargo, siguiendo todos los trámites necesarios para que fuera oficial.

—¿Entonces estás diciendo que él tiene el monopolio de prácticamente todo menos del aire y que nadie lo ha detenido? —pregunta con incredulidad.

—Estoy diciendo que también tiene amigos en las altas esferas y que les hace ganar mucho dinero. No se trata solo de Delaney, Hadley, lo sé de primera mano. Está metido en todos los chanchullos que hay. Es su jefe y su *sheriff*. Para ellos, es intocable. Por eso no encontrarás a muchos que se rebelen contra él. Sobre todo, porque hace gala de su rectitud para encubrir sus pecados.

—¿Por qué Delaney? —pregunta, confundida.

—Sus antepasados fueron los primeros colonos de la zona. Aunque su apellido sea Cannon, proviene de los colonos más influyentes. Y lo utiliza en su beneficio; le gusta recordar a todos lo profundas que son sus raíces cuando se enfrentan a él. ¿Y Kyle? Kyle es el monstruo que él mismo creó a su imagen y semejanza.

Se queda pensativa por un momento.

—¿Por qué el apellido de Kyle es Davenport en lugar de Cannon?

Yo ladeo la cabeza.

—Porque el *sheriff* jamás le daría a Kyle su apellido. Ni siquiera su hijo era lo bastante digno. Solo hubo una persona que lo fue.

—¿Quién? —pregunta mientras me doy la vuelta para dirigirme hacia la puerta.

—Una chica —respondo, mirando hacia atrás cuando mis pies se detienen—. Su hija. Ella es el motivo por el que condenaron a mi padre.

—¿Por qué?

—Tendrá que averiguarlo, agente Hadley.

Me doy la vuelta de nuevo y por fin me marcho, mientras ella exhala un suspiro de frustración.

—¿Dónde vas? —pregunta cuando abro la puerta.

—A comprar lubricante.

—Demasiada información —se queja ella mientras salgo.

CAPÍTULO 12
LANA

Y, aunque pequeña, es de índole fiera.
—WILLIAM SHAKESPEARE

Contemplo mi futuro, consciente de lo desolador que es. Y me preocupo. Me preocupo por mis hijos. ¿Qué será de ellos? Ya han perdido a su madre y ahora han recaído sobre mí los pecados de otra persona, han destruido los restos de nuestra familia con todas esas oscuras mentiras e insinuaciones.

Los marginarán. Me temo que mi apellido los perjudicará. Mi hija es una guerrera, siempre luchando por mí. Ahora mismo mi hijo se encuentra muy débil, apenas puede contener su dolor.

Pero quien más me preocupa es Victoria. Mi hijo llorará mi muerte, pero se recuperará. Mi hija no parará de luchar por mí. Eso podría ponerla en peligro. Está claro que debo asumir la culpa; lo que no entiendo es por qué.

¿Por qué está ocurriendo todo esto? ¿Por qué a nosotros? ¿No hemos sufrido ya bastante?

Si pudiera acabar con mi vida y librarlos del resto del juicio, lo haría.

Pero, si lo hago, entonces les estaré enseñando a rendirse. Estaría sentando un precedente que mi mujer nunca aprobaría.

Así que lucharé. Rezaré. Y esperaré con todas mis fuerzas a que la verdad prevalezca.

Por el bien de mis hijos, lucharé.

Dejo el diario y lo guardo en la mochila mientras el sol se pone. Cada vez que necesito recordarme a mí misma por qué es importante luchar, leo lo que escribió un hombre al que no le quedó otra opción que luchar por sus hijos.

Luchar por nosotros.

—Lana, ¿estás ahí? —pregunta Jake, molesto, mientras yo sujeto el teléfono entre el hombro y la mejilla.

—Aquí sigo —contesto.

—Esto no me gusta. Ni siquiera he instalado cámaras en la casa de Morgan, y es profesor de artes marciales, por el amor de Dios. Irás a ciegas contra un tipo que sabe pelear.

—Todos saben pelear —digo con indiferencia.

—Como él no. Y lo sabes. Vas demasiado deprisa, te estás envalentonando. Has llegado al punto de creerte indestructible. Ya hablamos de esto. Acordamos que me dejarías frenarte un poco si empezabas a desarrollar esa idea.

Está frustrado, y lo entiendo. En cuanto me enamoré de Logan, todos nuestros planes se volvieron cinco veces más complicados y siete veces más jodidos. Por no decir precipitados y descuidados.

—Tengo que estar allí mañana. Morgan tiene que morir esta noche. No voy a dejar que se escapen los dos cuando se enteren de lo que le he hecho a ese pueblo. Después, será difícil matarlos. Bueno, difícil matarlos a los dos sin llamar automáticamente la atención del FBI.

—Maldita sea, Lana. Deja que yo me encargue.

—No —respondo de inmediato—. La Muerte Escarlata, como la llamaste tú, no puede estar en dos lugares a la vez o sabrán que tengo un compañero. Lo arruinará todo. Ese pueblo una vez me llamó «engendro del diablo», y lo decían en serio, Jake. Lo creen de verdad. Cuando haya terminado, creerán que los espíritus y los demonios han vuelto para llevarse sus almas. No puedo aterrorizarlos sin tu ayuda.

Suelta un taco, gruñendo.

—Vale. Joder. Está bien. Llegaré en veinte minutos. Deja el teléfono encendido. Así, si te encuentras en un aprieto, lo escucharé y entraré armado.

—Puedo con él —le prometo.

—Se te está subiendo mucho.

—Y tú has perdido mucha fe en mí —digo, con una sonrisa.

—Eso nunca. Solo que no quiero que uno de ellos acabe con mi hermana por haberse vuelto demasiado descuidada —responde.

—Al menos de esta forma no tendremos que arriesgarnos a entrar en su casa para retirar las cámaras.

—Todavía no puedo creer que no se hayan dado cuenta de que los has estado observando. El FBI, digo.

—Hacen falta más que un par de agujeritos en las paredes colocados al azar para que sospechen que tienen instaladas minicámaras, teniendo en cuenta que la Agencia de Seguridad Nacional es la única que se supone que dispone de esa tecnología.

—Si quisieran mantener esa tecnología en secreto, no deberían ser tan fáciles de hackear.

Pongo los ojos en blanco, sonriendo.

—¿Ahora a quién se le ha subido?

Murmura una palabra muy poco halagadora para describirme y yo sonrío aún más.

—Sabes que lo peor que podría pasar no es solo que te mate, Lana. Si consigue dominarte… Has estudiado su pasado igual que yo. No eres la única chica a la que ha hecho daño.

Mi sonrisa desaparece a medida que una rabia ardiente se apodera de mí.

—Lo sé. Al igual que sé que su padre es amigo del gobernador y que todas las acusaciones desaparecen cuando las mujeres se convierten en putas mentirosas. ¿Verdad?

—Tú ten cuidado y ya está —dice, con un suspiro—. Y primero agárralo. Luego diviértete un poco con él.

Eso me devuelve la sonrisa.

—Voy a entrar.

—No cuelgues la llamada.

—¡Sí, señor! —me burlo con tono militar.

—Es «señor, sí, señor». Pero da igual.

Despacio, me guardo el teléfono en el bolsillo y me preparo para matar una última vez antes de volver a casa y masacrar a otros tantos más.

Pintaré el pueblo de rojo. Igual que ellos pintaron las calles con nuestra sangre.

Agarro el bolso, salgo a la calle y empiezo a correr.

—No olvides que tienes que conducir hasta Delaney Grove para comenzar la fase uno —digo por el auricular inalámbrico.

—Sí. Eso haré. En cuanto me asegure de que no te matan por imprudente —me dice Jake demasiado alto en el oído.

Bajo el volumen y disminuyo el ritmo cuando me aproximo a la casa de Morgan. Miro a través de la ventana y lo veo paseándose en calzoncillos y sin una pizca de vergüenza.

Por suerte, vive a unos dos kilómetros de distancia de todo el mundo, así que, siempre y cuando nadie nos descubra, debería poder terminar esto en poco tiempo. Odio tener que precipitarme a la hora de matar. Había planeado torturarlo durante días y días.

Ahora tengo que improvisar y condensar varios días de tortura en un solo método. Solo hay una forma de hacerlo.

—Voy a entrar —susurro antes de colarme por la puerta delantera.

Giro el pomo y no me sorprende encontrarla abierta. Morgan cree que es un tipo duro al que no se le puede hacer daño. Hablando de sentirse invencible…

Abro la puerta del todo y hago una mueca cuando cruje. Me detengo y presto atención para ver si lo oigo, pero no hay nada que me indique que se está acercando.

La casa está bastante tranquila, así que tiro de la puerta y la dejo encajada para que no vuelva a crujir.

Jake permanece en silencio en mi oído, y yo me echo el pelo hacia delante para cubrir el llamativo auricular. He pensado en todas las posibilidades y tengo diferentes planes para cada situación.

Justo cuando doblo la esquina, el corazón me da un vuelco y abro los ojos como platos al ver el cañón de una pistola que no esperaba.

—¡Joder! —grita Morgan, que deja caer el arma a un lado, aunque sin soltarla, mientras me mira confundido—. Madre mía, chica. ¿En qué cojones estás pensando al entrar así en la casa de un tío?

Me trago la sorpresa, dándome cuenta de cuánta razón tenía Jake, mientras Morgan me mira con total desconcierto. Si descubre quién soy ahora mismo, me volará los sesos con esa pistola.

—Lo siento —digo, pronunciando la palabra intencionadamente con voz chillona.

Al fin y al cabo, Morgan no teme a las mujeres. Soy inofensiva, al menos en su mente. Es su forma de pensar. Las mujeres son fáciles de dominar cuando las tiene bajo control.

—Se me ha averiado el coche y esta es la primera casa que he visto —continúo, con una mano en el corazón como si me estuviera latiendo demasiado deprisa.

Me mira el escote y una lenta sonrisa se dibuja en sus labios. «Sí, lo he hecho especialmente por ti, grandullón. Sé lo que te gusta. Soy sexi, no peligrosa. Sigue pensando así y baja esa maldita pistola».

—No me digas —comenta, y vuelve a colocar lentamente el seguro.

—Sí, he visto la luz encendida. —Me recojo el pelo y señalo el auricular inalámbrico—. Se me ha quedado el móvil sin batería, así que esperaba que me prestaras uno. A menos que sepas algo de coches.

Él se relame, con los ojos todavía fijos en mi escote.

Recibo un puñetazo en la cara y grito de dolor, incapaz de contener las lágrimas esta vez. Siento calor en la parte delantera del rostro y sé que es sangre. Sé que me ha roto algo.

—Joder, Morgan, ¡no le destroces la cara todavía! —sisea Kyle—. Quiero seguir un rato más, y

187

*si veo sangre no me empalmo. No soy como el en-
fermo de su padre. Y, de todas formas, no te toca a
ti otra vez.*

Más lágrimas corren por mis mejillas mientras
Morgan se coloca encima de mí.

—Mejor preocúpate del culo de su hermano. Es
donde deberías tener metida la polla.

—¿Qué has dicho? —gruñe Kyle.

—Ya me has oído. Quizás a los demás les guste
que les froten la polla con cualquier cosa que apriete,
pero tú a mí no me dices dónde tengo que meter la
mía. Yo prefiero el coño al culo, sin duda. Y menos
el culo de un tío, maricón.

Kyle se acerca, pero Morgan le dedica una sonrisa desafiante. Puede que Kyle sea quien lleva las
riendas, pero Morgan es el único que escapa a la
mentalidad de manada. Kyle lo sabe y, aunque le
gustaría matar al psicópata que está encima de mí
por no saber cuál es su lugar, decide pasar por alto el
asunto.

*Morgan solo ha venido a violarme. No está aquí
para castigarme como los demás.*

Ha estado esperando el día en que pudiera hacerlo.

Me amasa los pechos con las manos y suelta un
gemido de satisfacción.

—Siempre he querido probar esto —dice, y posa
los labios sobre ellos.

188

Estoy demasiado entumecida para sentirlo. Al menos eso es lo que me dice mi mente. Estoy harta de sentir. No quiero volver a sentir nada.

Unas manos fuertes sujetan las mías, más débiles, y me inmovilizan, pero he dejado de oponer resistencia, así que ya no hay necesidad de sujetarme. El puñetazo en la cara me ha dejado sin fuerzas y mareada.

—Al menos he traído lubricante —me dice Morgan al oído mientras me penetra y yo intento imaginar que estoy en cualquier otro lugar—. He hecho que te sintieras bien, ¿y encima me muerdes? —sisea contra mi oreja—. Quiero que esto te resulte placentero, cariño. No habría tenido que golpearte si me hubieras besado en lugar de intentar morderme —dice, acelerando el ritmo de sus embestidas—. Quiero que te corras. Quiero que sepas que fui yo quien te hizo correrte. Quiero que cierres los ojos durante el resto de la noche y me veas entrando y saliendo de ti, incluso cuando no sea mi turno.

Se me revuelve el estómago y me trago el vómito.

—Vas a disfrutar cada segundo que me tengas dentro. —Me echa el pelo a un lado—. Solo recuerda que podía haber parado todo esto si hubieras dejado de resistirte hace mucho tiempo.

Él permanece inmóvil dentro de mí, y tiembla al correrse. Yo miro fijamente al lado mientras él recorre mi cuello con sus labios. Estoy empapada de lubricante, y el dolor es más soportable, pero, para evitar llorar, imagino a alguien que viene a rescatarnos. Lo primero que harían sería cortarle la cabeza mientras él sigue en mi interior.

De esa forma, lo veré morir cada vez que cierre los ojos y dormiré mejor por las noches.

—*¿Quién se apunta?* —*pregunta Morgan, riendo mientras me acaricia los pechos por última vez.*

Ni siquiera me resisto cuando me dan la vuelta sobre el cemento para que el siguiente no tenga que verme la cara ensangrentada. Estoy cansada de mirar. Estoy cansada de respirar.

Solo quiero que esto termine.

—Entonces, ¿estás sola? —pregunta Morgan, recorriéndome el cuerpo con la mirada y chistando cuando asiento—. Pues será el destino el que nos ha juntado.

Da un paso hacia mí, sin soltar la pistola, como esperaba. Desarmarlo será complicado. Está más entrenado que Hadley.

Dejo que me agarre por la garganta. Finjo sorpresa cuando me estampa contra la pared. Y grito, fingiendo dolor cuando él me empuja con la rodilla entre las piernas. Pero no me muevo hasta que oigo que el arma cae al suelo.

Después esbozo una sonrisa y le chisto de la misma manera que él acaba de hacerme a mí.

Frunce el ceño, confundido, segundos antes de levantar los brazos entre los dos; con la palma de la mano le golpeo la nariz y la sangre salpica por todas partes cuando retrocede tambaleándose.

—Llevo mucho tiempo esperando para devolvértela —le digo, y tiro el auricular a un lado.

Él me mira y detecto el momento en que la rabia toma el control. Cuando alguien está furioso, se lanza sin ningún tipo de sutileza.

Como era de esperar, se abalanza sobre mí y le doy un rodillazo en el torso antes de golpearle con fuerza el cuello con el codo. Se estrella contra la pared, aturdido, y da un paso tambaleante antes de caerse.

No le doy tiempo a recuperarse, sino que saco el cable del bolso y se lo enrollo alrededor del cuello para asfixiarlo desde atrás. Él se resiste, se pone de pie conmigo todavía a su espalda y me obliga a trepar por su cuerpo como un mono mientras me sujeto y lo estrangulo con más fuerza.

Me empuja contra la pared, pero no aflojo el agarre y el dolor nunca llega. Tengo una tolerancia mucho más elevada que él.

—Tú me hiciste así —susurro.

Lo veo en el espejo que tenemos enfrente: la confusión en sus ojos.

No tiene ni idea de quién soy.

Lo suelto cuando se cae al suelo, no del todo inconsciente pero tampoco lo suficientemente despierto como para defenderse.

Con movimientos rápidos, le esposo las manos y tiro del cable conectado a los grilletes para atarlo a una viga de su salón. A continuación, le ato los pies y saco la pistola de clavos eléctrica de mi bolso extragrande.

Un grito espeluznante brota de su garganta cuando utilizo la pequeña pero potente pistola de clavos para fijarle los pies al suelo a gran velocidad. Luego saco el lubricante mientras él sigue sollozando.

—¿Quién coño eres? —grita.

Un sollozo agonizante se le escapa de la garganta cuando intenta mover los pies. Los clavos son demasiado largos para poder sacarlos del suelo sin destrozarse los pies.

—No te preocupes, Morgan —le digo, sonriendo mientras le unto el pecho desnudo—. He traído lubricante. Quiero que disfrutes. Sentirás placer cuando esté dentro de ti.

Con una fuerte estocada, le clavo la navaja en el costado y se le escapa otro grito desgarrador, y en ese instante veo que me reconoce.

—¿No te da placer? —me burlo.

—No —dice, negando con la cabeza—. No puede ser. No eres tú.

Me inclino hasta quedar justo a la altura de su oído.

—Deberías haberme salvado hace tantos años. Entonces yo podría haberte salvado a ti.

Con ese último comentario burlón, le bajo los calzoncillos y me pongo los guantes antes de lubricarle la polla. El muy enfermo está empalmado. Es la primera vez que me pasa.

Él me observa, probablemente pensando que tengo otra intención. La herida del costado no es mortal. Sé dónde apuñalar para infligir dolor pero mantenerlo con vida.

Está sufriendo mucho, pero es tal su depravación sexual que ni siquiera parece importarle. Al menos, no hasta que saco la otra navaja y la deslizo lentamente por su torso lubricado, rozándole la piel sin llegar a cortar.

Deja de respirar cuando llego a su posesión más preciada.

—No lo hagas —murmura, con el pánico reflejado en el rostro al comprender lo que voy a hacer—. No tuve nada que ver con lo que le hicieron a Marcus. Te juro que no fui yo.

—Tú sujetaste el espejo. Te reíste mientras Kyle hacía el corte. Fuiste el que animó a Kyle a redimirse delante de ti. Eres la razón por la que sucedió. ¿Por qué deberías conservar esto? —le pregunto, y escucho su grito de miedo cuando le hago un pequeño tajo en el costado.

—¡No! ¡Por favor! Te lo ruego, joder.

Una sonrisa deliciosamente oscura se dibuja en mis labios.

—Recuerdo tu respuesta cuando te suplicamos. «Que les den por culo. Matadlos a los dos».

Acto seguido, hago el corte, con dificultad para rebanar el apéndice más duro con el que he tenido que vérmelas hasta ahora.

Los gritos rasgan el aire y las súplicas caen en saco roto. Igual que lo hicieron las nuestras.

La sangre comienza a brotar y exprimo tres botellas de lubricante, que vierto enteras sobre él mientras sigue gimiendo y perdiendo el color a medida que se desangra. Cuando están erectos, la sangre fluye en mayor cantidad y más rápido. Interesante.

Solo para demostrar lo retorcida que soy, lanzo un cuchillo al suelo y acierto en el miembro amputado, que he dejado caer junto a su cara. Él no deja de gritar y yo me río mientras salgo por la puerta.

Dos bidones de gasolina ya me están esperando. Jake ha cumplido lo que prometió. Ahora que sabe lo que estoy haciendo, probablemente esté de camino a Delaney Grove para ejecutar la primera parte de nuestro plan.

Mientras Morgan llora y se ahoga con su propio vómito, yo canto, rocío gasolina por todas partes y luego la derramo sobre su cuerpo.

—Se dice que la forma más dolorosa de morir es quemado vivo. Me pregunto quién se ofreció voluntario para constatar ese dato —canturreo alegremente.

Morgan niega con la cabeza, tratando de pronunciar alguna palabra, pero el dolor es demasiado intenso, y lo abruman la agonía y la conmoción.

Enciendo la cerilla y sus ojos se abren por última vez.

—Ni siquiera necesitaba oírte confesar tus pecados —digo en voz baja.

Observo cómo la llama consume lentamente la cerilla, hasta casi quemarme los dedos, antes de dejarla caer sobre su cuerpo. Las llamas comienzan a elevarse, lamiendo rápidamente los regueros de gasolina. Empiezo a salir tranquilamente, escuchando el rugido del fuego a medida que se extiende y recorre cada hilera de gasolina.

—Muy pronto, todos arderán —digo mientras salgo por la puerta.

Capítulo 13
LOGAN

No existe ley para quienes convierten
su voluntad en norma.
—William Shakespeare

—¿Qué hay más allá de estos bosques? —le pregunto al *sheriff* mientras él se empeña en ignorarme descaradamente.

Mide por lo menos un metro noventa, casi me iguala en altura. Tiene pinta de pasar más tiempo en el gimnasio que ningún otro *sheriff* del condado que haya visto. Sus agentes en activo superan en número a los departamentos policiales de los pueblecitos que he visitado anteriormente.

El ayuntamiento y la oficina del *sheriff* son lo suficientemente grandes como para albergar también a todos los agentes, y parece que Delaney Grove es, por así decirlo, su cuartel general. El departamento de policía cuenta con cinco agentes propios, pero el condado tiene muchos más.

¿Veintitrés ayudantes del *sheriff*? ¿Quién necesita tantos en un condado tan pequeño?

—Le he hecho una pregunta —digo con autoridad, mirando al hombre de pelo canoso y ojos apagados.

Debería haber venido antes. Habría encontrado más de lo que esperaba. Ya he visto muchas cosas que Leonard y Elise pasaron por alto durante su visita.

—Cuatro o cinco cabañas de cazadores y un montón de fauna salvaje con la que unos muchachos de ciudad como vosotros no querréis toparos —dice lacónicamente, con un tono cargado de condescendencia.

Se vuelve hacia Johnson antes de lanzarle una mirada a uno de los ayudantes.

—Muéstrale los alrededores a esta gente. Yo voy a volver al fuerte con el agente especial Johnson.

—¿El fuerte? —pregunta Elise.

—Así es como llama al ayuntamiento —dice uno de los ayudantes, sonriéndole como si fuese su tipo.

Ella le lanza una mirada fulminante a Craig cuando él se ríe entre dientes.

Me alegra perder de vista al *sheriff* y a Johnson, así que no me opongo a que se vayan sin nosotros.

—Vale —balbucea Elise mientras el ayudante no deja de sonreírle. El chico prácticamente luce corazones en los ojos—. ¿De verdad no hay mujeres aquí? —añade.

—Con uniforme no, señora —le responde el chico, que nos sigue mientras nos adentramos en el bosque para echar un vistazo.

Una cabaña de cazadores sería el lugar ideal para nuestro asesino. Podría entrar y salir sin ser visto.

—Las mujeres que trabajan con uniforme están asignadas al despacho. Solo hay dos. Tonya y Tasha. Aunque tienen una oficina diferente.

Al menos Elise puede sacarle algo de información a su nuevo admirador.

Se supone que Hadley traerá a Lana consigo cuando venga. Hadley no ha podido salir a primera hora de la mañana porque anoche se produjo otro asesinato relacionado con Delaney Grove. De hecho, ocurrió a dos pueblos de distancia. Aunque aquí nadie ha querido hablar de la muerte de Morgan Jones.

Para ser más exactos: nadie quiere hablar de ninguno de los asesinatos ni de las personas que han muerto.

Tenemos que indagar en su pasado e interrogar a su familia, igual que con el resto de las víctimas, pero el agente especial Capullo lo está poniendo difícil, ya que se ha negado a cambiar los planes de venir hoy aquí. ¿Por qué tanta prisa?

Y ¿por qué el sujeto lo ha asesinado tan rápido en comparación con el resto? Sin duda, prenderle fuego fue una tortura, y lo más probable es que lo hubiera castrado; todavía están tratando de determinar cuándo le extirparon el pene, ya que los restos están carbonizados.

Unas palabras que nunca pensé que diría.

—Estas son sus cabañas —nos dice el ayudante del *sheriff* con las manos apoyadas en el cinturón de la pistola y una sonrisa bobalicona.

—De acuerdo —responde ella, mirándolo fijamente—. Pues ya hemos visto las cabañas.

—Se supone que debo escoltarles mientras se celebra la asamblea municipal y acompañarles adonde vayan por si necesitan algo.

—Vamos a dar una vuelta y a hacerles algunas preguntas a los vecinos —le dice Elise a nuestra lapa.

Abre mucho los ojos y sacude la cabeza con énfasis.

—No pueden hacer eso. El *sheriff* Cannon me ha ordenado que les trajera aquí y les llevara adonde tuvieran que ir. Pero no quiere que la gente se asuste con este tema tan turbio.

¿Tema turbio? ¿En serio es así como lo describen?

—Hay un asesino en serie que tiene a tu gente en el punto de mira. Convoqué una rueda de prensa a nivel nacional. ¿Cómo es posible que no estén al tanto? —pregunta Craig.

—Es más, ¿por qué ibas a querer ocultárselo? —interviene Elise.

El ayudante da un paso atrás, sintiéndose acorralado. Es un tipejo nervioso.

—El *sheriff* controla las emisoras de noticias que recibimos. Tenemos nuestra propia red de radiodifusión si necesitamos que la gente sepa algo con urgencia. En ese caso, se interrumpiría el servicio habitual para emitir el mensaje de emergencia.

Me doy la vuelta para mirar a Craig.

—Este tío tiene controlado hasta el mínimo detalle. Es casi una secta.

—Y encajaría perfectamente con un psicópata con tendencias narcisistas —dice Donny en voz baja mientras Elise mantiene distraído al ayudante de pacotilla.

El asesino inicial aprovechó los defectos de este pueblo en su beneficio.

—El *sheriff* está intentando imponerse a nosotros actuando como si no tuviéramos autoridad en este pueblo —continúo.

—¿Qué hacemos? —pregunta Craig.

—Demostrarle que somos nosotros los que estamos al mando. Imprimir folletos con la información referente a nuestro perfil y empezar a repartirlos entre todos los vecinos. Nos dividiremos en grupos para hacer preguntas.

Craig asiente y se dirige a su cabaña, donde hemos establecido nuestra sede temporal, ya que el *sheriff* nos aseguró que no disponía del espacio que necesitábamos.

Qué generoso por su parte.

—Es el dueño del único lugar en la ciudad que se puede alquilar —me dice Donny.

—Es un paso más para dominarlo todo. Necesita tener el control.

—Aunque parece más un caso extremo de personalidad alfa que de psicopatía.

—En apariencia —digo distraídamente, y luego me vuelvo hacia el chico—. Ayudante…

Dejo la frase en el aire para que se note que no tengo ni idea de cómo se llama ni me importa. Sin embargo, el tipo esboza una sonrisa tontorrona e inocente que despierta mi curiosidad.

—Soy el ayudante del *sheriff* Charles Howser —dice con orgullo, balanceándose sobre los talones, completamente ajeno y sin ofenderse por la sutil pullita.

—¿Cuánto tiempo hace que vives aquí o que trabajas para el *sheriff*?

—Vivo aquí desde hace seis meses, y llevo tres semanas trabajando para el *sheriff*.

Miro a Donny, que entrecierra los ojos.

—Nos ha colocado al ayudante novato. ¿Coincidencia? No lo creo.

—Probablemente sea el más inocente, a juzgar por el insoportable tufo a corrupción que desprendían todos los demás. ¿Dónde está Leonard?

Leonard se acerca como si acabara de oír su nombre, mirándonos fijamente. Se une a nosotros deprisa mientras Elise retoma su papel distrayendo al ayudante del *sheriff*. Pero yo los interrumpo.

—¿Por qué el *sheriff* convoca una asamblea municipal si está ocultando que un asesino en serie amenaza al pueblo?

—Ah, porque anoche ocurrió algo extraño. Esta mañana se han encontrado abiertas las puertas de muchas casas, al menos unas cincuenta. También han desaparecido algunos espejos, pero nada más. Es raro, ¿verdad? —pregunta, pero no nos da tiempo a responder—. El *sheriff* va a celebrar una reunión para averiguar quién ha sido.

Eso no tiene ningún sentido.

—Es bastante más grave de lo que creía —nos dice Leonard en voz baja—. El *sheriff* armó un escándalo cuando llegamos al pueblo. Ha estado ocultando muchas cosas. Y ahora, por alguna razón, se siente dueño del cotarro y se ve en posición de controlarnos a nosotros.

—Por culpa del Padrino —afirma Donny, leyéndome la mente.

Me doy la vuelta para volver a interrumpir a Elise y al ayudante.

—Vamos a hacer esas rondas ahora —le digo, justo en el momento en que Craig sale de la cabaña.

Lleva en la mano un taco enorme de folletos y a Howser se le abren los ojos como platos, asustado.

—Pero el *sheriff* dijo que…

—Cuando el *sheriff* sea mi jefe, le haré caso. Pero carece de autoridad sobre nosotros o sobre esta investigación. Llegados a este punto, su participación no es más que un acto de cortesía por parte de mi equipo. Le superamos en rango. ¿Queda claro?

En absoluto. Lo noto en su mirada lastimera y descompuesta.

En lugar de dar explicaciones, Craig y yo nos marchamos, y Elise cojea hasta la cabaña para instalarse. Donny y Leonard cogen la mitad de los folletos y también se ponen en marcha.

—¿Cuándo viene Lana? —pregunta Craig mientras ignoramos a Howser, que nos grita que, por favor, paremos.

—Pasado mañana, como mucho. Puede que antes. No quería que Hadley viajara sola. Lisa estará a punto de llegar.

—¿Hadley le ha dado el visto bueno? Nunca pensé que vería ese día.

—Resulta sorprendentemente repentino, pero parece que se han unido después de lo que ambas tuvieron que sufrir.

—Nada crea un vínculo más rápido que un sádico sexual que casi las mata a las dos, pero del que consiguen librarse gracias a un golpe de suerte.

Se me encoge el estómago y lo fulmino con la mirada.

—¿Demasiado pronto?

Mientras lo insulto en mi fuero interno, le quito la grapadora de la mano y clavo uno de los folletos en un poste.

Vemos a una mujer salir de la tienda de comestibles, con su hijo a rastras, e inclino la cabeza cuando varios más comienzan a salir a toda prisa. Algunos incluso parecen haber entrado en pánico mientras huyen.

Craig y yo cruzamos la calle a toda velocidad, con las manos en las pistolas, cuando veo la pared al fondo.

LAS AGUAS SE TEÑIRÁN DE ROJO.
IGUAL QUE VUESTROS PECADOS.
LA VERDAD YA NO SE OCULTARÁ.

¿Qué cojones?

Está escrito con letras grandes en la pared trasera, y el chico del mostrador está llamando por teléfono.

—¿Qué ha pasado? —pregunto, acercándome a él.

—No lo sé. Ha aparecido de la nada. En plan, no estaba y de repente sí. ¡Todo el mundo lo ha visto! —grita.

¿Qué hostias es esto?

Las palabras están secas, así que saco una bolsa de pruebas y raspo unas escamas para tomar una muestra. Joder, necesito que Hadley venga ya.

Se oyen murmullos a nuestro alrededor de los pocos que se atreven a quedarse.

—¿Ha aparecido ya seca? ¿Conoces algún tipo de pintura capaz de comportarse así?

—Estoy seguro de que existe algo así, o que alguna persona lo suficientemente inteligente podría crearlo —le digo, mientras observo cómo la gente entra en crisis por unas pocas palabras—. Es él.

—¿Cómo? ¿Ha venido a pintar letras que aparecen por arte de magia? —pregunta Craig con incredulidad.

—Describimos este pueblo como religioso, pero con una mentalidad sectaria. Echa un vistazo a tu alrededor. Todos están muertos de miedo por esta tontería. En Washington, esto incitaría a la gente a sacarle fotos y a poner los ojos en blanco, eso si es que se dieran cuenta. ¿Pero aquí? Ha conseguido dejarlos aterrorizados.

Él sopesa la situación, procesando lo mismo que yo a pesar de no ser perfilador.

—Está jugando con sus mentes.

—Su plan final no consiste solo en matar. Quiere aterrorizar al pueblo —digo, solo para desarrollar su teoría.

Él me sigue hasta la calle mientras camino mirando a mi alrededor en busca de alguien que llame la atención. Pero no veo a nadie.

Hasta que se analice esta pintura, no sabremos cómo lo ha conseguido.

Nos detenemos, hablamos con la gente y vemos cómo el miedo se apodera de sus rostros cuando les contamos lo del asesino en serie del que el *sheriff* nunca les ha advertido. Casi todo el mundo pasa de largo, sin querer oír algo así.

Un hombre se lleva la mano al corazón.

—Entonces es cierto —susurra—. ¿Hay un espíritu maligno entre nosotros?

Craig levanta las cejas.

—No. Hay una persona de carne y hueso que busca venganza por algo que les pasó a Victoria y Marcus Evans hace diez años.

Su rostro pierde todo color.

—Estás hablando de los hijos del diablo —sisea, y luego se da la vuelta y sale corriendo, tambaleándose por la acera como si acabáramos de invitar a entrar al mal.

—Yo no sé tú, pero este es el caso más jodido que he visto nunca —dice Craig con exasperación.

Le suena el teléfono y baja la mirada.

—He enviado a Leonard una foto del mensaje y me ha escrito esto… —Me enseña el móvil con el ceño fruncido.

LEONARD: La gente está encontrando ese mismo mensaje en las casas que tenían las puertas abiertas. Está apareciendo por todo el pueblo. Lo hemos visto surgir literalmente de la nada, como si alguien lo estuviera escribiendo.

—Así que es un genio de la ciencia y un asesino organizado. Genial. Tendrá a todo el pueblo creyendo en fantasmas en menos de lo que canta un gallo.

—Pero ¿por qué un fantasma? —pregunto.

Los gritos estallan a nuestro alrededor antes de que tengamos tiempo de pensar demasiado, y vemos a la gente salir corriendo del parque con las manos en alto mientras grita.

De nuevo corremos a toda velocidad, directamente hacia el grueso de la multitud que huye despavorida pidiendo que alguien los salve.

La fuente en medio del parque expulsa agua roja. Lo mismo ocurre con los aspersores que emergen del suelo. Me giro al oír más gritos y veo a una mujer soltar una manguera de jardín de la que mana un chorro rojo.

Una chica se está limpiando el agua roja que le corre por la cara como si fuera sangre diluida. Todo el mundo está cubierto de ella. Es como una de esas películas malas de terror sangriento de los años setenta en las que la sangre se representaba demasiado rojiza y acuosa.

—Joder —maldice Craig entre dientes—. ¿Cómo coño lo ha hecho?

—No lo sé, pero parece que lo que quería conseguir está funcionando. El pueblo se está viniendo abajo en solo un día gracias a sus juegos psicológicos.

Capítulo 14
LANA

> Los peces viven en el mar del mismo
> modo que el hombre lo hace en la tierra;
> los grandes se comen a los pequeños.
> —William Shakespeare

Los gritos son música para mis oídos, y Hadley se estremece a mi lado.

—¿Cómo ha hecho eso con la pintura?

—No puedo decírtelo. Te pedirán que resuelvas ese misterio. No quiero que lo descubras antes de tiempo. —Le sonrío y ella pone los ojos en blanco.

Al igual que yo, Jake lleva muchos años planeando esto. Domina varias disciplinas, y sus juegos mentales no han hecho más que empezar.

Hace tres años tomamos la iniciativa y empezamos a organizarlo todo. Pero ya llevábamos tiempo fantaseando y elaborando planes hipotéticos de venganza. A mí me resultó bastante fácil elaborar un plan a gran escala, pero, cuando se lo presenté a Jake, él lo mejoró aún más con todas sus ideas.

—Entonces, tampoco me contarás lo de las cámaras ni lo de la fuente roja, ¿a que no? —me pregunta mientras conduce.

—Ya te he echado una mano con el análisis forense de Morgan para que pudiéramos salir antes. No pienso dejar a Logan solo durante más tiempo, pero tampoco voy a ayudarte más de lo necesario.

Ella gruñe.

—Lo único que me has dicho es que el lubricante es la razón por la que había zonas sin quemaduras en el cuerpo. Tampoco me has ayudado mucho más. ¿Por qué le prendiste fuego?

—Decidí que le hacía falta una muestra anticipada de lo que sería el infierno —digo distraídamente.

—¿Por qué has teñido la fuente de rojo? ¿Puedes contarme eso al menos?

—No es solo la fuente, sino todo el suministro de agua del pueblo. No te preocupes. No es tóxico. No pondría en riesgo ni a los niños ni a Logan.

Ella refunfuña y yo sonrío, consciente del amor/odio que siente por mí en estos momentos. Por extraño que parezca, es lo más parecido a una amiga que he tenido nunca, aparte de Lindy. Nunca tuvimos una relación muy estrecha, ya que Lindy era mucho mayor que yo, pero fue mi niñera cuando era pequeña y hablábamos.

No importa. Nunca he tenido una amiga de verdad.

—¿Quieres contarme lo que descubriste en la escena del crimen de Monroe y que yo no te conté? —pregunto, pensativa.

—Descubrí que no caminaste sobre terreno blando para no dejar huellas de botas.

—Siempre que puedo, evito ponerme esas botas tan pesadas. Donde esté una buena acera...

—No había nada que pudiera incriminarte —dice con un suspiro.

—Si es que soy la mejor. Solo sentía curiosidad por lo que habías descubierto.

—¿Podemos hablar de algo normal? —pregunta, exasperada.

Me giro para poder mirarla mejor.

—¿Te refieres a que tengamos una charla de chicas? La chicas hablan sobre penes, ¿no?

Ella pone cara de asco.

—Teniendo en cuenta que te dedicas a extirparlos, preferiría no hablar de penes contigo.

—El de Logan está a salvo, por si te quedas más tranquila.

—Olvídalo, no he dicho nada —se queja.

—Ay, calla. Logan mencionó que te gustaban las mujeres, así que supongo que los penes no te atraen mucho.

Se queda callada durante un minuto antes de decir por fin:

—Logan es un bocazas.

Me encojo de hombros y me recuesto en el asiento mientras observo a la gente gritar y correr, justo como sabía que harían. Me encanta la tecnología. Las imágenes del pánico que se ha desatado en Delaney me llegan directamente al móvil.

Ya quisiera el Hombre del Saco.

—No deberías avergonzarte de ser quien eres —le digo en voz baja.

—No lo hago. Pero es que no me gusta que la gente cuente mis cosas. Además, tampoco me va eso de encasillarme. No estoy segura al cien por cien de mi sexualidad. Es solo que… los hombres me resultan atractivos, pero me cuesta menos confiar en las mujeres —me confiesa con tono suave.

Reviso las imágenes y compruebo las ubicaciones que Jake ha elegido para las cámaras. Anoche estuvo muy ocupado mientras acababa con Morgan.

—Mi hermano era gay. Jake es bisexual. A Jake le dio demasiado miedo decir que él y mi hermano estaban enamorados. La gente consiguió que mi hermano se sintiera como un pecado andante o una abominación cuando salió del armario meses antes de que lo mataran —intento decirlo sin emocionarme, pero me cuesta mucho.

Ella inhala profundamente y yo me froto el pecho, donde empieza a formarse el dolor que siempre acompaña al recuerdo de mi hermano.

—Jake siempre dice que de lo que más se arrepiente es de haber tenido miedo de demostrarle a Marcus lo mucho que significaba para él. Marcus sabía que no era porque se avergonzara. Era consciente de lo tóxico que era el pueblo. No confesó su sexualidad para demostrarle su amor a Jake. Lo hizo para ser sincero consigo mismo. Nunca dudó de que Jake lo quisiera.

—¿Acaso Jake está haciendo esto para demostrarle su amor? —pregunta, con tristeza.

—No. Lo hace porque es un romántico.

La confusión en su rostro no me sorprende, pero no insiste en que le dé más detalles. Viajamos en relativo silencio después de esta charla hasta que nos acercamos a Delaney Grove. Entonces, la conversación se desvía principalmente hacia otros casos en los que está trabajando el equipo.

Jake me envía un mensaje mientras hablamos y lo leo.

JAKE: Olivia me ha llamado para decirme que mi padre está dando guerra con la medicación. Voy a ir a ocuparme de eso, pero volveré pronto. El primer paso del plan ya está en marcha.

YO: Llámame si necesitas ayuda.

JAKE: No te preocupes por mí. No debería tardar más de un par de horas. Tú quédate a ver la parte divertida. Ahora mismo voy a mandarte unas fotos que te van a gustar.

Hadley me pide mi opinión sobre algunos casos, lo que me distrae de los mensajes de Jake, y yo se la doy. Luego graba algunas notas de voz.

—Logan pensará que soy el doble de brillante de lo que ya cree si voy por ahí soltando estos datos —dice ella riendo.

Pero yo no me río porque hay algo que me llama la atención. Jake me envía una foto de una calle. De *la* calle. De las palabras escritas en rojo.

SALDRÁN LOS ÁNGELES Y APARTARÁN A LOS MALVADOS DE ENTRE LOS JUSTOS. LOS ARROJARÁN AL HORNO ENCENDIDO, DONDE HABRÁ LLANTO Y CRUJIR DE DIENTES.

—¿Qué pasa? —pregunta Hadley.

Jake también me envía una foto de Logan analizando el mensaje, y yo abro la transmisión de vídeo para ver al hombre al que amo mientras observa a la gente que lo rodea. La mayoría están pálidos y aterrorizados.

Saben lo que pasó ahí. Pintaron encima. Lo taparon con negro otra vez. Hicieron como si las manchas rojas no existieran solo porque ya no se veían.

Logan no parece afectado ni asustado, como ya me imaginaba. Al fin y al cabo, es un hombre racional. No cree en fantasmas.

Pero Delaney Grove… no tardará en rendirse.

—No entiendo por qué todos caen en eso —afirma Hadley.

—Se llama condicionamiento. Están condicionados a ser ovejas. Las ovejas siguen al rebaño —le digo.

—Pues no lo pillo —rebate.

—¿Hay alguien a quien admires y que te inspire? —le pregunto.

—Queen Latifah. ¿Por qué?

Sonrío para mis adentros.

—Mi padre era un apasionado de Einstein. A mi madre le encantaba Confucio. Mi hermano, un romántico empedernido con una gran sensibilidad, adoraba a Shakespeare.

—¿Y eso qué tiene que ver con las ovejas?

Con una sonrisa, me vuelvo hacia ella.

—A mí, personalmente, siempre me han fascinado las palabras de Voltaire.

—Todo eso me parece un poco pretencioso. A tu familia le gustaban los personajes históricos con mucho que decir y que inspiraban a la gente a citar sus palabras. Continúa.

Sin dejar de sonreír, digo:

—Voltaire dijo: «Aquellos que pueden hacerte creer cosas absurdas podrán convencerte de hacer atrocidades». Durante demasiado tiempo, el *sheriff* Cannon ha gobernado el condado, y muy pocos se apartan de la cultura de corrupción que él inculca. Las mujeres están por debajo de los hombres. Y lo que dice va a misa.

Hago un gesto al rebaño que está llorando, presa del pánico y a punto de amotinarse contra el *sheriff* tras un solo día jugando con sus mentes.

—Ovejas —repito en voz baja—. Son putas ovejas.

Ella suelta un suspiro tembloroso mientras recorremos el resto del camino que nos lleva al pueblo y envía un mensaje de texto a alguien. Miro a mi alrededor y veo el lugar que ha hastiado a mucha gente y destrozado a tantos otros.

«He vuelto, hijos de puta —digo para mis adentros cuando pasamos por el ayuntamiento—. Y pienso convertir vuestras vidas en un infierno antes de teñir el pueblo de rojo».

Busco a Logan entre las imágenes de las cámaras en la aplicación que Jake me instaló antes del primer asesinato, pero no lo encuentro. Debe de estar en algún punto ciego.

Ni siquiera me doy cuenta de que hemos aparcado hasta que Hadley apaga el motor.

—Voy a decirle a Logan que estás aquí, por si acaso…

Su frase acaba en un grito agudo cuando me abren la puerta de golpe y Logan me saca del coche de un tirón. Sonrío contra sus labios en cuanto me besa y le rodeo el cuello con los brazos, y me deleito con la sensación de su cuerpo pegado al mío.

—¡Madre mía! ¡Estamos en un pueblo lleno de locos, al lado del bosque, lo que ya da bastante miedo de por sí, y a ti no se te ocurre otra cosa que matarme de un infarto! No mola, Bennett. No mola nada, coño —dice la pelirroja a la que se le ocurrió llevar a la asesina al pueblo.

Logan sonríe contra mis labios a pesar de los disparates que ha tenido que soportar desde que llegó temprano esta mañana. Intento no reírme ante la ironía de que Hadley esté histérica pensando que el asesino venía a por nosotras, cuando, en realidad…, pues eso…

Cuando Logan me levanta, le rodeo la cintura con las piernas, el lugar donde deben estar. Me abraza mientras me lleva al interior de lo que supongo que debe de ser nuestra cabaña. No miro alrededor por miedo a descubrir que es la misma a la que Kyle solía llevarme.

Cuando aún no sabía qué tipo de monstruo era.

Cuando confiaba en alguien que resultó ser tan retorcido.

Cuando era una oveja atrapada en el mismo rebaño al que ahora pretendo destruir.

Él se inclina y me invade una sensación de ingravidez cuando me suelta por un instante, antes de caer sobre la cama. Le sonrío mientras se quita la camiseta.

—Parece que me has echado de menos —digo, mientras grabo en mi memoria cada momento que paso junto a él.

Lo necesitaré para tener algo a lo que aferrarme. Lo necesitaré para recordar. Lo necesitaré para superar lo que queda. Espero que viva.

Luego lo necesitaré cuando Jake y yo miremos atrás y recordemos el caos que desatamos; dos asesinos que lograron impartir justicia bajo la apariencia de ángeles vengadores.

—Estoy pensando seriamente en ir al psiquiatra por esta obsesión irracional que tengo contigo —murmura, pero esboza una sonrisa antes de bajarse los pantalones.

Hemos llegado en el momento perfecto. Halloween está a la vuelta de la esquina.

Elegir el apellido Myers no fue casualidad.

Pero ahora mismo no pienso en nada de eso. No existe nada más cuando estamos solos, porque mi tiempo es limitado. Yo lo sé. Él no.

Él sigue queriéndome como si fuera el último día cuando se echa encima de mí y me sube el vestido hasta las caderas.

—Te has puesto un vestido rojo para volverme loco, ¿verdad? —pregunta.

Antes de que pueda responder, oímos a Hadley detrás de la puerta:

—He metido vuestras maletas, pedazo de guarros. De nada.

Logan se ríe contra mi cuello y yo le paso los dedos por el pelo, emborrachándome de felicidad. Eso es lo que él provoca en mí.

—A veces creo que eres una ilusión, y que nada de esto está ocurriendo. Que en realidad sí morí en aquel accidente hace diez años —le digo en voz baja mientras él comienza a bajarme la ropa interior.

—Soy real, Lana —murmura contra mi cuello cuando termina de desnudarme.

Solo con sentir su cuerpo deslizándose contra el mío mientras me desvestía me ha bastado para estar lista.

—Y soy tuyo —dice antes de besarme y ahogar mi respuesta.

«Mío».

Igual que yo soy suya.

Mientras siga a mi lado.

—Te quiero —le digo mientras se introduce en mí, temblando como si sentirme fuera justo lo que necesitaba.

Conozco esa sensación.

Esas palabras significan más para mí de lo que él imagina, porque nunca pensé que las diría en ese sentido. Pensaba que nunca me recuperaría lo suficiente como para sentir esta conexión.

—Te quiero —contesta, abriendo los ojos para mirar fijamente a los míos mientras se mece hacia delante y hacia atrás.

Es todo lo que necesito y más.

Él es todo lo que yo desearía ser.

Un héroe.

Un héroe amado por un monstruo.

Capítulo 15
LOGAN

Si tenéis lágrimas, disponeos
ahora a verterlas.
—William Shakespeare

—Si pudieras ir a un sitio, el que fuera, ¿adónde sería? —me pregunta Lana.

—Mmmm —ronroneo contra su piel—. Grecia.

—¿Por qué Grecia? —responde, enredada en una maraña de miembros desnudos.

Ojalá pudiera pasar los días tumbado en una playa de Grecia con ella abrazada a mí, así. Este trabajo está empezando a exigirme demasiado y a darme muy poco a cambio.

Por otra parte, después de este caso, puede que me quede sin carrera profesional. Pero no voy a rendirme y dejar que encubran lo que pasó aquí hace diez años.

—Porque mi padrastro siempre decía que, si pudiera elegir, se pasaría la vida borracho y enamorado en Grecia. Pero desperdició todos sus años de juventud con mi madre.

Ella se ríe y yo le sonrío mientras se seca unas lágrimas de los ojos por la repentina emoción.

—Parece que era un buen tipo.

—Lo era —le digo.

—Mi padre también era genial. Hacía todo lo que estuviera en su mano para que a mi hermano y a mí no nos faltara de nada. Era nuestro mundo, y nosotros el suyo.

—¿Y tu madre? —pregunto, aprovechando que está hablando de su pasado.

—Maravillosa —dice con nostalgia—. A ella le encantaba cocinar. A mí me encantaba cuando lo hacía. Mi padre siempre decía que, si fuera una bruja, los niños se meterían en el horno por su propio pie solo por lo bien que olía siempre. —Levanta la mirada y yo arqueo una ceja—. Era un tipo con un sentido del humor de lo más negro. Pero mi madre lo adoraba. Lo amaba. Cuando era pequeña, no comprendía lo poco común que era ese amor. Como la mayoría de las cosas que ves a diario, lo daba por sentado.

La tristeza empaña sus ojos y yo me acurruco más cerca para besarle los párpados.

—¿Adónde irías tú? —le pregunto, porque no quiero verla triste.

—¿Puede ser cualquier lugar del mundo? —me devuelve la pregunta.

—Cualquiera.

—Me iría a Grecia contigo.

Y por eso estoy tan obsesionado con ella.

Mis labios vuelven a encontrar los suyos y la beso como si fuera la última vez. Así es como lo haré siempre, porque ella ya ha perdido el amor una vez: el de sus padres. No quiero que le queden dudas sobre lo nuestro.

Quiero que sepa exactamente cómo me siento cada vez que la tengo entre mis brazos.

Cuando interrumpe el beso, hago un esfuerzo por no ponerme encima de ella y volver a poseerla. Estaba demasiado ansioso por estar en su interior cuando la vi con ese vestido. Mi intención era darle un susto, pero Hadley gritó y Lana sonrió. Nunca deja de sorprenderme.

Y así, sin más, sentí la necesidad de hacerla mía.

—Yo también quiero que vengas a Grecia conmigo —digo, y la beso en la mejilla.

—Nos emborracharemos y tendremos un maratón de sexo —coincide ella—. Y, por supuesto, comeremos. En Grecia se come de escándalo. A menos que solo sea un falso estereotipo.

Sonriendo, presiono mis labios contra su mejilla.

—Algún día lo averiguaremos.

Se le corta la respiración y yo me aparto mientras miro esos ojos atormentados que me cautivaron hace tanto tiempo.

—¿Qué pasa? —pregunto mientras le acaricio la mejilla con el dedo, preocupado por su expresión.

Ella se gira un poco más hacia mí.

—Si descubrieras que no soy la chica perfecta que quieres que sea, ¿me seguirías queriendo?

El modo en que lo pregunta es como un puñetazo en el estómago.

—Lana, yo no pretendo que seas perfecta. Creo que *eres* perfecta. Al menos, para mí.

Le tiembla el labio y esboza una sonrisa forzada. ¿Qué he dicho mal?

—¿Y si no lo fuera? —vuelve a preguntar, con verdadera preocupación.

—Pues te seguiría queriendo igual. No uso esa palabra a la ligera. Bueno, al menos no desde el instituto. Pero es que en la adolescencia todo el mundo la usa sin saber lo que realmente significa amar a alguien.

Esa expresión es sus ojos me provoca un ligero escalofrío. Intento descifrarla, pero no deja de ser un misterio. Siempre hace una cosa cuando yo espero otra.

—Pero sí —repito—. Te querría de todas formas. Por si no te has dado cuenta, me vuelvo un poco loco cuando paso mucho tiempo sin verte, y tú me das una razón para querer vivir en lugar de simplemente existir. Aceptaste cada parte de mí y te conformaste con las migajas que podía ofrecerte. Y nunca te quejaste.

Ella se dispone a hablar, pero yo continúo:

—Esos ojos me buscan al entrar en una habitación, como si yo fuera lo único que te importara. No bajas la cabeza cuando otros lo harían. Te mantienes firme cuando otros se derrumbarían. Tu fortaleza me parece increíble. Y nunca me dejas indiferente, que es lo que más me gusta de ti, aunque a veces me resulte exasperante.

Ella se ríe entre dientes y yo le beso la comisura de los labios antes de seguir.

—Y me sonríes como no lo haces con nadie más. Eso me hace sentir poderoso. Y, cuando estoy contigo, sonrío como nunca antes lo había hecho. Se establece un equilibrio, una auténtica complicidad. Es raro encontrar a alguien que te complemente tan bien, y tú lo haces conmigo. Me encanta eso de ti. Me encantas *tú*.

Ella me besa antes de que pueda seguir hablando y explicándole de todas las formas posibles que nada podría cambiar lo que siento. Justo cuando decido que tengo tiempo para demostrárselo un poco más a fondo, alguien llama enérgicamente a la puerta.

—¡Logan! ¡Tenemos una pista! —grita Donny.

—Tiene un talento para saber cuándo interrumpir —dice Lana con un suspiro.

—Él y todos. Un día voy a tirar el teléfono y a esconderme de ellos.

—Cuando nos escapemos a Grecia —dice, con una sonrisa que no se manifiesta en los ojos.

Siento que hay algo más grave que no me está contando. Lo percibo en su mirada, que se vuelve cada vez más distante. Lo arreglaré. En cuanto averigüe qué lo está causando.

—Sí —respondo, sonriendo y fingiendo no darme cuenta del destello de tristeza en sus ojos.

Me visto deprisa y me reúno con Donny fuera. Entonces vuelvo a entrar justo cuando Lana se levanta, con la sábana atada a la cintura, y la atraigo hacia mí para besarla larga y apasionadamente.

Ella gime contra mis labios y Donny se aclara la garganta ruidosamente.

—Volveré pronto —le aseguro, y luego me marcho, ignorando la risotada que suelta Donny en cuanto salgo.

—Debo admitir que nunca pensé que te pillarías tanto —bromea—. Los hombres tan volcados en su trabajo como tú suelen acabar solteros toda la vida.

—Las cosas cambian —le digo mientras me subo al asiento del conductor—. ¿Adónde vamos?

—Craig me llamó para decirme que un tipo se le acercó y le comentó que teníamos que hablar con Diana Barnes. No quiso dar más detalles, pero Johnson está furioso. Dice que estamos incitando al terror al colocar esos carteles y nos ha exigido que los quitemos todos. Elise y Lisa están colocando más, mientras que los ayudantes del *sheriff* los van arrancando.

—Increíble —digo, con una profunda exhalación—. Ni siquiera se molesta en disimular.

—Lo que me lleva a preguntarme qué es lo que nos vamos a encontrar.

—Los mensajes crípticos que el sujeto desconocido nos deja para aterrorizar al pueblo no ayudan mucho. Todos creen que se ha manifestado un espíritu, pero nadie se atreve a pronunciar su nombre en voz alta —señalo.

—¿Los hijos de Evans? ¿O él mismo? Desde luego que nadie habla de ellos —dice Donny, con su curiosa forma de mostrarse de acuerdo.

—Es lo que él quiere. Quiere sembrar el terror. Quiere que se queden acurrucados en una esquina. La pregunta es: ¿por qué? Sabemos que los violaron, pero el personal del hospital no pudo darnos más información. Estaban demasiado asustados para hablar. —En realidad, solo estoy hablando en voz alta, con la esperanza de que escuchar las palabras nos aporte algo más que el simple hecho de conocerlas.

—El pueblo entero está demasiado asustado como para hablar —dice Donny, mientras observa cómo la gente lee el mensaje en la calle y se aleja, acelerando el paso como si fueran a llevarse a casa un pedazo del diablo si se entretienen demasiado.

Donny señala la carretera por la que debemos girar y me hace parar cuando llegamos frente a una casa pequeña y blanca. Incluso tiene una maldita valla del mismo color.

—Crucemos los dedos para que esta no nos cierre la puerta en las narices también —dice Donny mientras se baja del coche.

Yo también salgo, me arreglo la corbata y caminamos por la acera agrietada hasta la casa.

Las persianas de la ventana delantera se entreabren y solo consigo ver un ojo antes de que se vuelvan a cerrar.

Donny levanta la mano para llamar a la puerta, pero una mujer abre y nos mira como si llevara todo el día esperándonos.

—¿Sois del FBI?

—Así es, señora. Hemos venido a…

—Ya sé a lo que habéis venido. ¿Trabajáis para ese tal Johnson?

Contraigo la boca.

—Tenemos objetivos diferentes. El mío es descubrir la verdad sobre lo que ocurrió aquí hace diez años. Si tuviéramos más información, quizá podríamos salvar vidas.

Ella aprieta los labios.

—Aquí no hay ninguna vida que merezca ser salvada —dice con tono amargo—. Todo este pueblo debería arder. La única razón por la que sigo aquí es porque sabía que este día llegaría tarde o temprano. Que algún día alguien querría escuchar la historia de esos pobres niños para que por fin se hiciera justicia.

Donny traga saliva mientras la mujer se seca las lágrimas.

—Vamos —nos dice, haciendo un gesto para que pasemos.

Donny cierra la puerta tras de sí y Diana señala un sofá donde aparentemente quiere que nos sentemos.

—No puedo contaros todo. Tendréis que preguntarle a alguien que conociera bien a Robert. Pero puedo hablaros de mis niños. Siempre fueron buenos con mi hijo. Siempre.

Ella se sienta en una silla y saca el teléfono.

—Cualquier información que nos pueda facilitar nos será de gran ayuda —le digo, sintiendo un nudo en el estómago ante la perspectiva de obtener por fin respuestas y sin saber hasta qué punto se van a complicar las cosas.

Esperamos pacientemente mientras hace una llamada.

—Hola, cariño. No, estoy bien —le dice a… ¿su novio? ¿Su hijo? No lleva alianza ni hay objetos personales de hombre, así que no está casada—. ¿Sigues saliendo con esa abogada tan guapa? La que vive en ese edificio tan bien protegido.

Nos lanza una mirada mientras escucha a la persona que está al otro lado del teléfono.

—Bien. Quédate con ella hasta que te diga lo contrario. Mamá está a punto de contar una historia que lleva más de diez años quemándole por dentro.

Fin del libro 3

Sobre la autora

S.T. Abby era uno de los muchos seudónimos de la autora superventas del *USA Today* C.M. Owens, también conocida como Kristy Cunning. Le encantaba escribir tantos subgéneros que no podía quedarse con un solo nombre. Pasó de las historias ligeras y alegres a las oscuras y un poco retorcidas. (No te preocupes, retorcidas pero divertidas). Quería que todo el mundo encontrara lo que le guste, desde el romance sobrenatural e historias de amor *new adult* hasta el lado más oscuro de la novela romántica. Nació y se crio en un pequeño pueblo de Alabama, donde cada uno se buscaba el entretenimiento como podía y quizá acababa cojeando al día siguiente. Se pasaba los días escribiendo, ayudando a su hijo con los deberes y jugando a videojuegos. Las palabras de S.T. Abby siempre serán un refugio para quien las lea.